U0561042

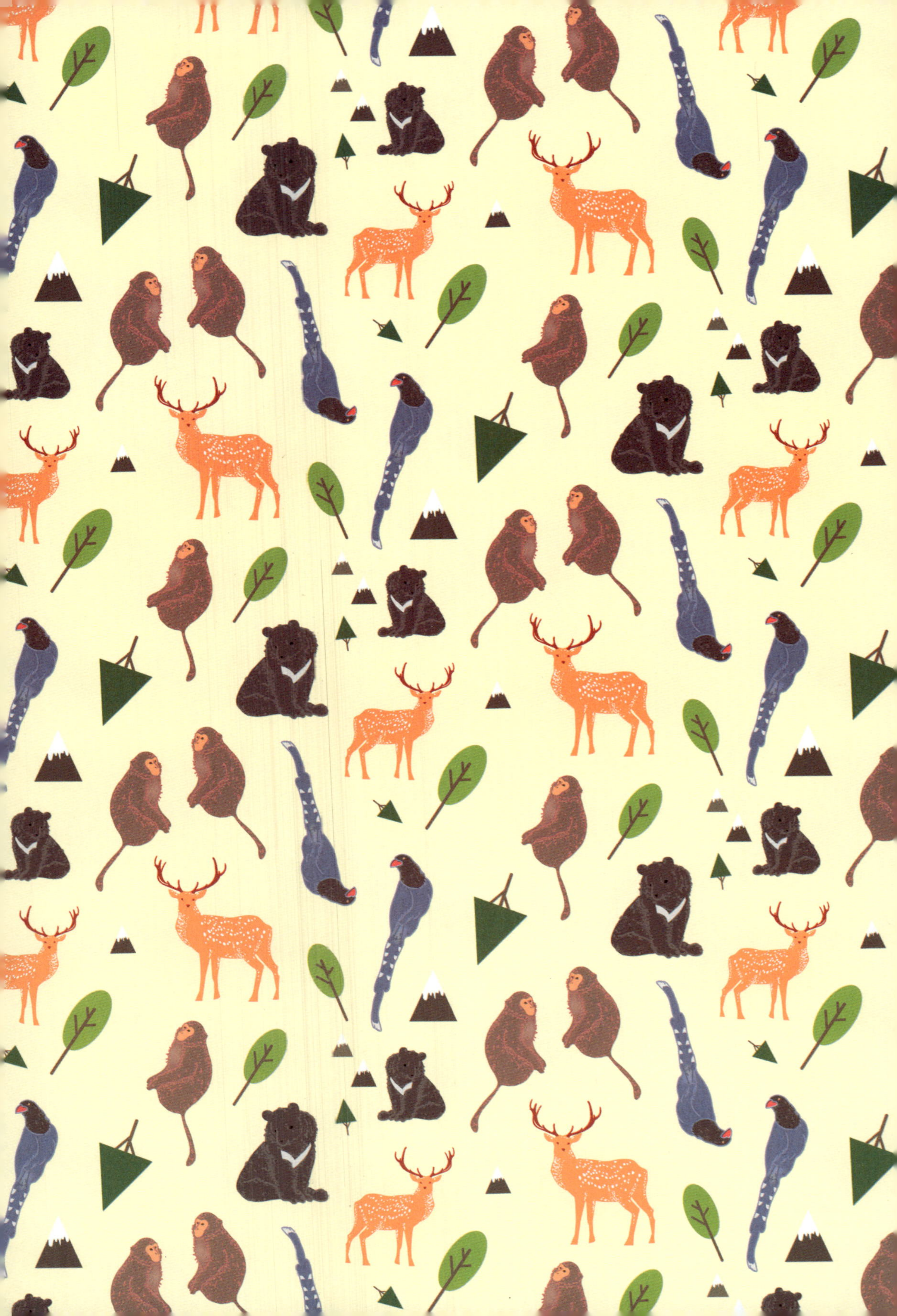

写给孩子的动物文学

Ciwei Zhujin Wojia
刺猬住进我家

（俄罗斯）米·普里什文 著　韦苇 译

北京时代华文书局

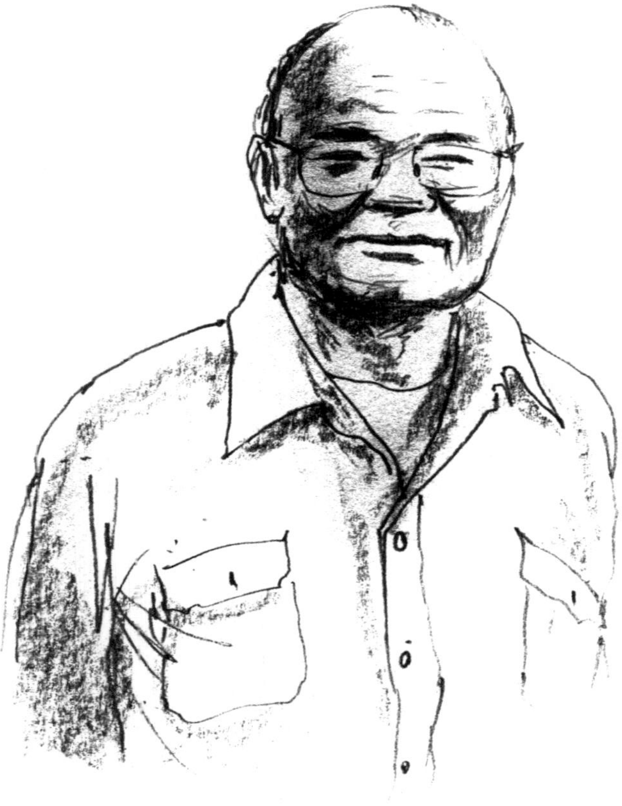

精彩的动物故事 不朽的生命传奇

韦 苇

工业文明和科技文明的发达，给人类自身造成一种错觉，使人们以为人和人的支配欲可以无限制的挥发，可以任意的奢侈。其实，地震和海啸就告诉我们，人和人的意志不是万能的，"人定胜天"不是一个放诸四海而皆准的不易真理。在地震和海啸面前，自以为万能的人和动物一样，抗拒不了更控制不了发生在我们这个星球心脏部位的激情。地震和海啸其实是把人类放在与动物同样的地位上，人类有时候显得更脆弱更无能，甚至动物已经对地震有预感的时候，人类还茫然无所知。这样来认识大自然，我们就会认识到人类的渺小；这样来思考生命，就能够摆脱"人类中心主义"的立场，就能消除人类对动物的傲慢与偏见，就能消除人类在大自然面前的错觉，承认人类并不是地球的主宰者、不是大自然的主宰者，人只不过是地球上一种能用语言思考、表达，从而具有物质和精神创造能力的动物而已。只有当我们认识到，地球是一个人与动物命运与共的大生物圈，地球是人和动植物一起拥有的生存共同体，我们的生态伦理观念才能正确建立起来。这样，我们就会对有些生命意识和生态环境意识特别强的人怀有深深的敬意。所以，大自然文学、动物文学不可能在工业文明、科技文明和城市文明兴起的 19 世纪以前产生。当动物的生存问题因为工业和城市的迅猛发展而引起关注的时候,当作家对动物生命有新的理解的时候,以动物为本位、为重心的动物文学就应运而生了。动物文学作家只不过是用文学来思考大自然、思考生命的一批人,他们把真实的动物世界用艺术的语言经营成一个个精彩的故事、不朽的生命传奇,打造成文学图书的常青树。

动物文学能给孩子以独特的生命教育,从而有助于孩子的健康成长。

儿童从动物文学的形象中获得审美感动,与动物文学里的形象发生共鸣,与此同时,孩子会认识到,动物是一种与人类不同的生命存在,它们的行为可以促使孩子对人类的行为进行反观和反思,促使孩子审察人类自私本性的后果,从而克服人类的骄横和偏见。孩子在受到生命教育的同时,他们的人格也就能够在更宏阔、更丰盈的背景上得到健康的发展。

伟大的大自然文学作家米·普里什文的创作理念,就明显超越了环境保护和动物保护层面上的意义:他的作品激励读者去亲近大地母亲,去和大地和谐相处,去恢复与大自然的良好关系,去关注每一株草、每一棵树、每一种禽鸟野兽、每一座山峦、每一条河流。米·普里什文对大自然的理解,同常人很不一样,他说:"我们和整个世界都有血缘关系,我们现在要以亲人般关注的热情来恢复这种血缘关系。"所以他语重心长地说:"鱼儿需要清洁的水——我们要保护好我们的水源。森林里、草原上、山峦间,那里有种类繁多的动物——我们要保护好我们的森林、草原和山峦。""给鱼以最好的水,给鸟以最好的空气,给禽鸟野兽以最好的森林、草原、山峦。人总得有自己的祖邦,而保护好了大自然,就意味着保护好了自己的祖邦。"

高大的松树、清澈的湖泊、连绵的山峦、飞跃的松鼠、胆怯的小鹿,以及空气中扑面而来的脂香和果香,使得人的心灵能有一种与天地融为一体的感觉，可以获得从未有过的惬意和满足。

　　飞过天空的野鸭有无形的价值，出没于山间的灰熊有无形的价值；野外的声音、气味和记忆都有无形的价值。此刻，向森林走去，纵然只是向城市中央公园的绿洲走去，去看看鸟们筑在枝丫间的窝巢，我们感觉我们是去朝圣——心灵的朝圣。

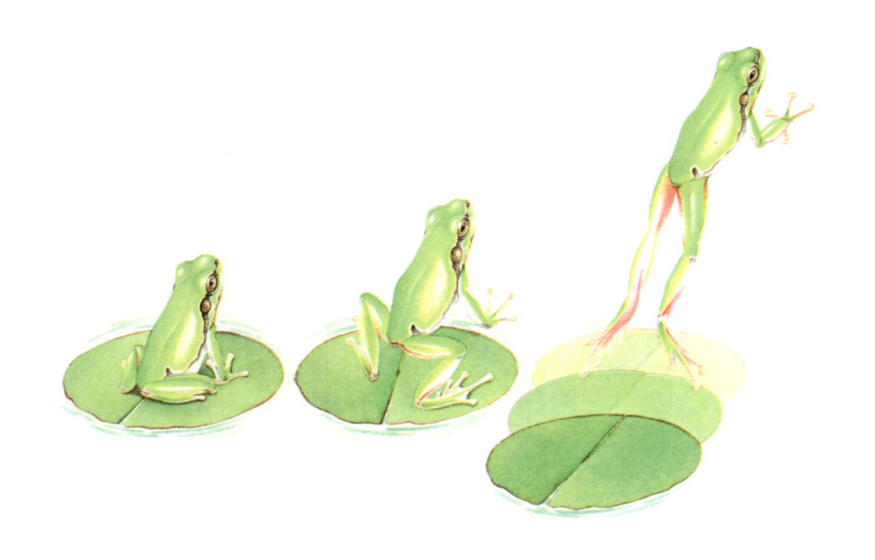

目录 | CONTENTS

小 青 蛙　　　　　　　　　　　　001

虾低声絮语些什么　　　　　　　　004

浮 梭 鱼　　　　　　　　　　　　008

跛 脚 鸭　　　　　　　　　　　　010

野鸭子们，再见　　　　　　　　　013

"发 明 家"　　　　　　　　　　　015

四根柱子上的黑母鸡　　　　　　　021

黑桃皇后　　　　　　　　　　　　024

森林大夫　　　　　　　　　　　　030

- II -

啄 木 鸟	033
好出风头的喜鹊	034
白桦树上的小喇叭	037
鹡　鸰	039
小　䴓	042
会说人话的白颈鸦	044
小 山 雀	046
白　鹇	049
刺猬住进我家	054
这往下滚的家伙是敌人吗？	059
可怕的遭遇	063
亚 里 克	067
柠　檬	072

亲　家	078
倒　影	081
兔子在白天过夜	082
米夏，米夏	083
松鼠的记忆	085
蚂　蚁	086
树桩蚂蚁窝	089
密林太好了	090
森林居民的楼层	092
读气味，读声音，读脚印	095
我爷爷的毡靴	098
狐狸面包	101
活　命　岛	103

好奇心是寻觅、探求、发现、创造的动力源。用动物文学来培养你的好奇心!

——韦 苇

小青蛙

积雪让暖洋洋的太阳当头一照，就开始融化了。再过两天，至多也就再过三五天吧，春天就总要来了。中午的太阳似乎有点灼热感了，在我们装了轮子的小屋周围的整片雪地上，蒙上了一层什么灰黑色的东西。我们猜想，这准是哪个地方有人在烧煤。我用手掌在这肮脏的雪地上一按，突然，原来灰黑色的雪地上现出了斑斑驳驳的白点：这哪里是什么煤屑哟，分明是小不点点的甲虫，我一按就飞开去了。

艳阳照耀下的午间一两个钟头里，雪里各种各样的小蜘蛛、小跳蚤都复活了，就连细小的蚊虫也在飞来飞去了。这融化的雪水渗进积雪深处，偶尔也会把覆盖在雪底下冬眠的通身还是玫瑰色的小青蛙给唤醒。瞧，就有这么一只小青蛙从积雪底下爬出来，愚蠢地想：真正的春天来到大地上了，可以出去旅行了。谁都知道，蛙儿能到哪儿去旅行呢？不就是小溪那儿吗？不就是沼泽那儿吗？

巧的是，这一夜下了雪，所以小旅行家的脚印很容易看出来。起先，它的脚印是成一条直线的，一脚接一脚地向附近的沼泽走去……忽然，不

写给孩子的动物文学

刺猬住进我家

知为什么，脚印乱了，再往前，就乱得更厉害了。后来，小青蛙就忽左忽右、忽前忽后地乱窜一气，脚印也就零乱得不可辨认了。

出了什么事了？为什么小青蛙放弃了一条直线走到沼泽的打算，而忽然想回头呢？

为了把这乱麻似的疑团探究个明白，我们往前走去，这不，我们看到玫瑰色的嫩蛙儿伸开冻僵了的脚爪，一动不动地躺在那儿了。

我们一下全明白了：原来，晚上寒气突然加重，越来越重，嫩蛙儿只得停下来，前后左右地乱窜乱蹦，回过身来要回到那曾感到过春天气息的温暖小洞里去。

天气尽管冷得厉害，可我们人的体内是暖和的，那么就让我们给小蛙儿带个春天来吧。

我们用自己呵出来的热气把小蛙儿温暖了好一阵，可它还是没有醒过来。不过，我们想出办法来了：我们把温热的水倒在一个小锅里，然后慢慢流淌到那四脚趴着的玫瑰色的小蛙儿那儿去。

就算是寒气再厉害，也敌不过我们的带来的春天！不到一个钟头，我们的小青蛙又重新感到了春意，四脚微微动了，它很快就完全复苏了。

春雷响了。当野外所有的青蛙都蠕动起来后，我们就把这位旅行家放进它早已向往的那个沼泽，大家为它送行时，说："去吧，小蛙儿，只是你记住：浅滩怎么样你都还不知情，那你就不要冒冒失失往水里钻啊。"

虾低声絮语些什么

我觉得虾很奇怪的,要生那么多看来用不上的东西,多得简直让人弄不清。光说脚就那么多,还有触须也有那么多,再还有什么螯呀,走路时,尾巴走在身子前头。小时候,我觉得最不可思议的是,虾只要一放进桶里,它们就低声絮语起来。小声儿说呀,说呀,根本弄不清它们都在说些什么。

人们讲到"虾又低声絮语了"的时候,那就是在说它们已经活不成了。它们的整个生命就在絮絮低语中结束了。

以前,我在韦尔土欣卡河那边居住,那河里的虾比鱼还多。有一天,奶奶和她的孙女儿小齐娜到我们韦尔土欣卡河来捉虾。她们是昏黄时分到我们家的,休息一会儿就出发到河上捉虾去了。她们在河里放上捕虾网。这种捕虾网都是我们自己制作的,把柳树细细的枝条弯成个小圆圈,圆圈四周扎上废旧渔网做的网兜,网兜里放些肉丁丁或别的什么虾爱吃的东西,最好是放些最能引诱虾来吃的炸蛙肉。网放进河底。虾一闻到香味,就会从岸边的小洞里爬出来,进了网兜里去。这时候,揪住网绳拖上来,把虾

刺猬住进我家

掏出来,再把网放回河里,这样一网一网地捉。

捉虾这事很简单。奶奶和孙女儿就这样放网拽网,忙乎一整夜,捉到了满满一大筐,她们一早就动身回家了。她们回到自己的村上,得走十里路呢。太阳已经升起来了,奶奶和孙女儿一路小跑着,热得她们满头大汗,累得再没丝毫力气走路了。她们渐渐忘了手里提的虾了,一心想的就是早

写给孩子的动物文学

一点回到自己家里。

"虾怕不响了吧?"奶奶说。

小齐娜仔细听了听。虾还在奶奶背后的箩筐里小声儿说话哩。

"它们在切切嚓嚓讲些什么呢?"小齐娜问。

"乖孙女儿,在临死前,它们相互告别哪。"

但是,这时候,虾们根本不是在小声絮语。它们用毛茸茸甲壳的横腹、螯、触须和脖子在相互挤擦,在人听来,它们好像在小声絮语。其实,虾并不准备死,而是想活。每一只虾都在用自己的细脚找出口,总想在什么地方能找到一个洞眼,哪怕找到小小的一个孔也好。结果,这天它们运气好,在箩筐的筐壁上找到一个小洞眼,最大的虾刚好能钻爬过去。

一只大虾爬了出来。

其他小的自然就跟着这大的,很容易就爬了出来。

这下,所有的虾都行动起来,爬呀,爬呀——从箩筐里爬到了奶奶的短褂上,从短褂上爬到了裙子上,从裙子上爬到小路上,从小路上爬到草丛里,再从草丛里爬到小河,也就不远了。

太阳晒得紧。奶奶和小孙女走呀走呀,虾也不停地往外爬。

奶奶和孙女小齐娜终于走近了自己的村庄了。奶奶忽然停下步来,听了听虾都在箩筐里做什么。

一点声音也没有。箩筐倒是轻得多了,她怎么一点都不觉得哩。原来是奶奶昨晚一夜没睡,这会儿累得不行了,连肩上的箩筐变轻了都没有感觉出来。

"孙女儿,也许虾都不低声絮语了。"

刺猬住进我家

"死了吗?"小齐娜问。

"死啦,它们不再小声说话了呀。"

她们走到小屋跟前。奶奶把箩筐从背上放下来,揭开上面盖着的旧布。

"啊呀,天哪,虾在哪儿啊?"

小齐娜一看,箩筐空荡荡的了。奶奶瞅瞅孙女儿,惊讶地摊了摊手。

"什么虾在低声细语啊!我还以为它们是临死前互相告别呢,其实,它们是同我们两个傻瓜在告别呢!"她说。

浮梭鱼

阳光撒在水面上，颤动起无数耀眼的光斑。深蓝色的蜻蜓在苇丛和节节草丛中穿飞。每只蜻蜓都有一株固定的芦苇和节节草，它们飞起，转了几圈，又回到它们原来站过的苇草上。

疯疯癫癫的乌鸦把鸟儿们都引出来了，这会儿就自己蹲着歇气了。

一片上头结蛛网的树叶向河面飘落下来，边飘落边滴溜溜旋转，不停地旋转……

我的小船儿顺着河水漂向下游，它由52根小木棒串编而成。我身边有一支桨，小船两头装有小小的涡涡轮叶片。两个涡轮轮换转动，使小船随人的意志左右自如。人在这样的小船上一点不用使力，只需动动涡轮叶片，船就会向前行驶了，根本听不到一点声响，所以河里的鱼儿一点也不会受惊动。这样的小船在河里静静行驶，鱼儿是根本发觉不了的。

一只白嘴鸦飞过河面时，撒下一滴尿，就这滴石灰水似的白色尿滴，在河面轻轻嗒拉响了一声，一下子，河里的小鱼儿——浮梭鱼们就都听到了，就都留意到了。它们眨眼间全游拢来，活像人们赶集似的，向着这白色尿

刺猬住进我家

滴聚汇。白嘴鸦，这身躯硕大的凶恶的猛禽，看见了这密集的鱼群，立刻飞向河面，边游边用自己的大尾巴用力地向河面拍击，啪啦啪啦，被震昏了的浮梭鱼即刻鱼肚翻上，漂起来。不过鱼很快又清醒了，但白嘴鸦这河上渔夫也不是傻瓜，它知道像这样的一滴尿就引来黑压压一大群鱼的捕鱼机会不可多得，甚至千载难逢，所以它迅速出爪，抓一条吃一条，吃一条抓一条，吃了许多许多。

空中掉下来的如果是好东西，那是值得奋力去获取；可空中掉下来的也可能是孬东西，那就应该连看都不看一眼，一溜了之。这些浮梭鱼啊，它们要想不上当，就得学会多考察多研究，先弄清楚从上面掉下来的是什么东西。

跛 脚 鸭

我坐在一艘小艇上，跛脚鸭在水面上游着，紧紧跟着我。它是我随身的猎鸭。

这只鸭子的父母都是野鸭。这只本是野生的鸭子，现在为我一个人干活了，它用自己的叫声，把雄野鸭都勾引到我打猎的棚子里来。

我坐小艇到哪儿，跛脚鸭也跟随我游哪儿。它在小河湾里逮什么东西，我就躲在拐角处，只需喊一声"跛脚鸭"，它就会把什么都扔开，飞到我的小艇跟前来。

就这样，总是我到哪儿，它就到哪儿。

我们把这只跛脚鸭养大可不易呢！它刚孵出来那会儿，我们把它安置在厨房里。老鼠闻到了气味，就在墙角落里咬出个洞，然后从那洞口潜进了厨房。我们听得鸭叫的声音，赶忙出来看，这时，老鼠正咬住那小鸭子的细脚，把它拽到自己洞里去。小鸭子个头比老鼠大，就塞在洞口，死活拽不进去。

老鼠逃掉了。

刺猬住进我家

我们就把洞堵住，只可惜，我们小鸭子的脚已经被扭断了。

我们费了好大劲，又是包扎，又是缠绷带，又是上药水、撒药粉，想治好它的腿，可就是不见效——小鸭子就这样永远瘸了。

在飞禽走兽的世界里，跛子免不了要吃足苦头的。因为在它们看来，这几乎就是个法则：病了，你就一边去，自生自灭，对体弱的不但不去怜惜它，反而去折磨它。家养的鸭子、公鸡、火鸡、鹅，统统都这样，都争先恐后要去啄跛脚鸭。尤其鹅，最是可怕。按理，鹅自己个儿魁大，干吗非来欺负这小不点点的跛脚鸭啊？然而不，鹅就是一门心思要想居高临下来攻击这嫩弱的小个儿生灵，像汽锤似的把它扁扁地压在自己身下，压得它嘎嘎哭叫。

小小的跛脚鸭，想来也没多大智慧，可是它那跟林子里的野果般大小的脑袋，还是领会到了这一点：它唯一的拯救者，是人。

我们用人的态度去悯恤它。它应该受到同情——它是被老鼠扭坏了腿的呀，它有什么罪过啊？它腿瘸了，这就该让自己的生命受到冷酷无情的家禽们的伤害吗？

于是，我们就用人的态度来爱护这只跛脚鸭。

我们保护它，它就从此跟着我们，而且只是跟着我们。它长大以后，我们不必如别的野鸭一样剪短它的翅膀。别的野鸭都野性很重，它们以为只有野间那广阔的壤地才是自己的家乡，所以千方百计要飞到野外去，寻找它们的落脚地。跛脚鸭从来不想离开我们。人的家也就成了它的家。小跛脚鸭，就这样跨进了人间世界。

所以，现在我们划着小艇去打野鸭，我的小鸭子就会自己跟随我游来。

写给孩子的动物文学

有时落后了，它就会飞离水面赶上我。它在小河湾里捕鱼，我就拐到矮树丛背后去躲起来，只要我喊一声"小跛鸭"，我立刻就能看到我的小猎鸟向我忽闪忽闪飞来。

野鸭子们，再见

　　一只矮小的母野鸭终于拿定主意，把自己的小鸭子从林子里带出来。春天，湖水涨起来，涨得四周的斜坡地都淹上了，野鸭子们原来做窝的地方都泡了水，于是不得不远远地走四公里路，到沼泽林间的小土墩上去做窝栖身。现在，水退了，它们又远远地走上四公里，绕过村庄，下到湖里来。

　　这湖，才是它们的自由天地啊！

　　母野鸭时时刻刻护着它的小鸭子，只要人、狐狸、老鹰容易看到它们的地方，它总是走在小鸭子的后面。它们不得不穿过一条横在它们面前的大路时，不用说，母鸭得让小鸭子跑在前面，自己好在后面照管它们，以便让它们安全地穿过大路。

　　就在这时，野鸭子们让一群村童发现了。他们摘下帽子来扑罩野鸭。这下，鸭妈妈可慌了，它张开它的阔嘴巴，紧张地跟在小鸭子后面跑；它张开翅膀在近处飞，一会儿飞到这边，一会儿飞到那边，不知道怎样去把自己的小鸭子夺回来。孩子们正在扔帽子扑罩大鸭子和小鸭子，快要捉住它们的时候，我走到了。

"你们抓小野鸭做什么?"我声色严厉地问。

他们停住了手,低声回答说:"我们会放掉它们的。"

"既然要'放掉',"我十分生气地说,"那干吗抓它们?这会儿母鸭在哪儿?"

"在那边蹲着哩!"孩子们七嘴八舌回答说。

我顺着他们指的方向看,在不远处的一个小土丘上,母鸭真的蹲在那儿,紧张地张开嘴,注视着。

"快!"我命令孩子们,"快把小鸭子都还给它们的妈妈!"

他们好像很不乐意按我的命令去做。不过他们还是抱着小鸭子,跑上了小土丘,放下了小鸭子。鸭子妈妈飞着后退了几步,可孩子们一回身走开,它就赶快飞跑过去救护自己的儿女了。它对自己的孩子用鸭话很快地说了几句,就跑进燕麦地里去了。跟着它跑进燕麦地的有五只小鸭子。野鸭子一家就这样沿着燕麦地绕过村庄,继续下坡往湖里走。

我欣慰地摘下帽子,向野鸭子一家挥动着,边挥动边大声说:"小鸭子们,祝你们一路平安!"

孩子们看着我的举动,听着我说的话,都叽里呱啦笑话我。

"小蠢货,你们笑什么?"我没好声气地说,"你们想,它们走这么远的路,从那边高墩子上下到湖这里来,容易吗?马上给我摘下帽子,对鸭子们说'再见'!"

孩子们在路上扑罩小鸭子时弄得脏兮兮的帽子,这下全都举到了头上,并且同声叫道:"小鸭子们,再见!"

"发明家"

沼泽地里长着一棵柳树,树下有个小土墩,土墩上一只母野鸭孵出了一窝小野鸭。

过不多久,母野鸭就带它们沿着牛踏出来的小路,向湖边走去。我远远看到它们,就躲往一棵大树后面。小野鸭们没有发现我,一直跑向我脚边来。我一伸手就捉起了三只,带回家来养,没捉住的十六只,还照样沿着牛踏出来的小路向前走去。

我把这三只毛色黝黑的小野鸭养在家里,没过多少日子,它们的毛色就开始变灰了。后来,三只灰小鸭中,一只变成了色彩斑斓的花公鸭,另外两只是母野鸭。我把一只母野鸭叫杜西娅,另一只叫莫西娅。我们剪短了它们的翅膀,不让它们飞掉。在我们庭院里,它们跟家禽一起住——我们家里有鸡也有鹅。

开春了,我们仿照沼泽地里小土墩的样子,在地下室里用废弃的物品给野鸭做了几个窝。杜西娅在窝里生下十六个蛋,接着就蹲下去孵起小鸭来。莫西娅也生了十四个蛋,但是它不肯蹲下来孵。不管我们怎么费尽心思想尽办法，这不懂事的莫西娅就是死活不肯做妈妈。我们没办法，只好让那只架子十足的黑母鸡——那只我们叫"黑桃皇后"的母鸡来孵莫西娅的十四个蛋了。

孵足了日子，小鸭子出壳了。厨房里暖和些，我们就让它们在厨房里住上一阵，我们把熟鸡蛋碾碎了喂它们，好好照料它们。

过了不多几天，天气就变得暖和起来了。杜西娅带上它的一群黑小鸭到池塘里去游水，黑桃皇后也带它的一群小鸭子，到菜园子里去找小虫子吃。

"嘎——嘎——嘎！"鸭妈妈叫着，好像是说：快来游水！

"唏——唏——唏！"小鸭子们叫着，好像是说：游水真快活！

"唏——唏——唏！"小鸭子们在菜园子里叫。

"咯——咯——咯！"黑母鸡回答它们。

当然，小鸭子不明白黑母鸡的"咯——咯——咯"是什么意思，可是它们对池塘那边传来的唏——唏声却感到熟悉和亲切。

"唏——唏——唏！"的意思就是说："自己人应该到自己人这里来做伴呀！"

而"嘎——嘎——嘎！"的意思就是说："你们这帮小鸭子，你们这帮只会唏——唏叫的小鸭子，游你们的水吧。"

于是，菜园子里的小鸭子们不由得向池塘那边看去，并且还想跑到池塘那边去。

"自己人应该到自己人这里来做伴呀！"

于是，小鸭子纷纷向池塘跑去了。

"游你们的水吧，游你们的水吧！"

刺猬住进我家

鸡妈妈带来的小鸭子们，真的和鸭妈妈带来的小鸭子们游到一起了。

"咯——咯——咯！"架子十足的黑母鸡在岸上傻了眼了。

小野鸭子们在池塘里游来游去，可来劲了。它们唏唏欢欢地叫成一片，合拢成一伙，不分彼此了。杜西娅高兴地接受新的孩子加入自己的家庭。按莫西娅的血统关系来说，它们应该都是杜西娅的亲外甥。

两拨小鸭子混在一起，野鸭子现在的家庭就大了。野鸭子大家庭整天在池塘里游弋着，黑桃皇后心里可不好受了，它成天成天地蓬起漆黑的羽毛，一边气嘟嘟地从早到晚咯咯叫，埋怨不休，一边用它的尖尖爪子在岸边刨挖小虫子，一个劲儿想用小虫子来引诱小鸭子，不停地用它咯咯的话语告诉它们："我在这里已经找到了好多好多虫子了，这么好的小虫子啊！"

"臭家伙，臭家伙！"野鸭子妈妈回答黑母鸡的虫子引诱。

天色渐渐暗下来，野鸭杜西娅带领所有的小鸭子离开池塘，那阵势可是好瞧了：长长的一支队伍，沿着干燥的蜿蜒小路回家。这群阔嘴巴的小黑野鸭，就在高傲的黑母鸡的眼皮底下浩浩荡荡地走过。更叫黑母鸡生气的是，竟没有一只小野鸭往这位妈妈这边瞟上一眼。

我们把所有的小野鸭放在一只高帮箩筐里，然后将箩筐搬进了厨房里。厨房靠近炉灶的地方要暖和些，让它们在这里舒适地过夜。

清晨，我们还没有起床呢，杜西娅已经从箩筐里爬出来了。它在木地板上转过来绕过去，不停地走动着，边走边叫，召唤它的小野鸭们到自己身边来。三十只小野鸭子唏唏地回答着。它们的叫声，在我们的松木板壁上发出同样的回响。可是在那闹哄哄的喧哗声中，我们还是听得出来，当中有一只小鸭子是落单的。

"你们听见吗？"我问孩子们。

他们也竖起耳朵听了一下。

"听出来啦！"孩子们高声叫起来。

说着，大家就赶快往厨房里跑去。

哟！那里不只是鸭子妈妈杜西娅在地板上，它身旁还有一只小鸭子在跑动，那神态很急躁，连声地唏——唏叫唤。这只小鸭子跟其他小鸭子没有什么不同，身体也只是跟小黄瓜一般大小。这样的小不点点，怎么能爬过30厘米的箩筐高帮呢？

我们纷纷猜想，这究竟是怎么回事儿？

这时候，又产生了个新疑问：这只小鸭子是自己想办法跟随母亲跳出箩筐来的呢，还是鸭子妈妈偶尔用自己的翅膀将它带出来的？

为了弄清这个问题，我们找来一截细带子系在那只小野鸭腿上，再把它放回鸭窝里去。

我们睡过一个夜以后，第二天一大早，屋子里刚传来鸭子的叫声，我们就立刻跑进厨房里去看究竟。

那只腿上系了带子的小野鸭，已经跟着杜西娅在地板上嚓嚓跑动了。

那些还禁闭在高帮箩筐里的小鸭子唏唏唏叫唤着，一个劲儿想出来，然而一点办法也没有。但这一只小鸭子确实已经出来了。

"它真是一个发明家啊！"我说。

"它的确是一个发明家！"列瓦也大声说。

那时候，我就打算去仔细观察一下，这个发明家究竟是用什么办法来解决出筐难题的，是怎样用它那双有蹼膜相连的脚爪，爬上笔陡的筐壁的。

刺猬住进我家

第二天，天还没大亮，我就起床了，这时候我的孩子还和小野鸭子同在睡梦中。我坐在厨房里，守在电灯开关旁边，一旦稍有响动，我可以马上打开电灯，把箩筐底部的情形看个明白。

一会儿，窗户泛白了，天开始亮了。

"嘎——嘎——嘎！"杜西娅叫了起来。

"唏——唏——唏！"回答鸭妈妈叫声的，却只有一只小鸭子。

再没有旁的声音了。孩子们这会儿都还睡着。

工厂上班的汽笛响了。天更亮了。

"嘎——嘎——嘎！"杜西娅又叫了。

写给孩子的动物文学

没有小鸭子应答的声音。我恍然大悟，一下想明白了：发明家这会儿没工夫叫，想来，它正解决难题哩。于是我一下开亮电灯。

哦，这回我看明白了！野鸭妈妈还没有起来，它只抬起头，抬到跟筐沿齐平。所有的小鸭子都还睡在鸭妈妈温暖的肚腹下面，只有那只脚爪上系着带子的小野鸭子，它沿着妈妈的羽毛，仿如沿着台阶往上爬，爬到妈妈的背上。杜西娅站起来时，就正好把小野鸭子高高抬起来，抬得跟筐沿一般高。小野鸭子就像小老鼠一样，沿着妈妈的背跑到箩筐边儿上，接着翻身一滚，就下到地板上了！野鸭子妈妈也跟着它跳到了地板上。随即，平时一清早就听到的闹哄哄的声音就开始了：整个屋子里满都是"嘎——嘎——嘎！""唏——唏——唏！"的声音。

过了两天，一大清早，在地板上就出现了三只小鸭子，接着五只，再后来，就越来越多了——天亮时，杜西娅只消轻轻叫一声，所有的小鸭子就都会爬到它的背上，接着，滚到地板上。

从这天起，我的孩子们就把这只给别的同伴们找到出筐办法的小野鸭子叫作"发明家"。

四根柱子上的黑母鸡

有一只黑母鸡,因为它羽毛蓬松,总是神气活现,我们就给它取个诨名叫作"黑桃皇后"。

春天那会儿,邻居送我们四个个儿挺大的鹅蛋。我们就把它们放在"黑桃皇后"的窝里。

小鸡应该出壳的日期过后几天,"黑桃皇后"孵出来四只毛色鲜黄鲜黄的小鹅。它们唏唏地叫着,跟小鸡的咯咯叫声完全不同。但是"黑桃皇后"毫不在意它这些孩子的叫声多么不像它,依然用爱小鸡的那份母爱来深沉地爱它们。

春天一过去,夏天就开始了。夏天一来,草地上就到处生长起了蒲公英。四只小鹅虽然年幼,但要是伸直脖子,那个头就几乎比母亲还高了。不过小鹅们还是像过去那样跟着自己的鸡妈妈走。有时,母亲用爪子往后刨土,招呼小鹅们来跟着它学。可是小鹅们还是玩着蒲公英,它们拿鹅嘴一啄一啄,让蒲公英柔柔的白色绒毛随风飞扬开去。这时候,"黑桃皇后"抬起头朝它们那边看看。我们觉得,它似乎开始心生疑惑了,有时候,它连续好几个钟头蓬开羽毛，边咯咯叫着，边拿脚爪往后刨土，搜扒虫子，可是小鹅们就像是什么都没看见，只是唏唏地叫着，用阔嘴掐着青青的嫩草。有时候，狗想从母鸡身边经过，休想！狗要从它身边通过，根本办不到！它会向狗猛扑过去，将它撵走。有时候，它时不时歪着头望望小鹅，一副若有所思的样子……

我们开始留意黑母鸡，我们相信这样的事迟早会发生：黑母鸡总归要看出来，它的这些孩子跟鸡完全不一样，压根儿就不值得为了它们而不顾自己死活向狗扑过去——我们总在等着看这一幕。

终于有一天，这样的事在我们院子里发生了。

那是六月里的一天，艳阳朗照，馨香四溢。太阳突然昏暗下来，公鸡们喔喔高声啼鸣。

"咯咯，咯咯！"黑母鸡用这样的叫声回应公鸡，招呼自己的小鹅们到棚子下面去躲起来。

"哟，起黑云啦！"娘儿们都异口同声地嚷起来，同时奔出屋去抢收晾晒在外头的衣服。

电闪，雷响。

"咯咯，咯咯！"黑桃皇后不住声地叫着。

这时，年幼的小鹅们伸长脖子，高高的，挺挺的，像四根笔直的柱子，它们跟着黑母鸡走到棚子下面去。我们惊讶地看着，四只个儿同母鸡一样高的小鹅，顺从地按母亲的命令快快躲进了一个小小的地方，藏到了母亲的翼翅底下。母鸡把羽毛蓬开，大大伸展翅膀，遮住它的鹅孩子，用自己做母亲的体温去保护它们。

刺猬住进我家

不过，雷雨很快就过去了。黑云飘散开去，消失了，太阳重又照耀我们小小的庭院。屋檐上的滴水停了，各种鸟儿又唧唧啾啾在歌唱了，母鸡翼翅掩护下的小鹅们听到这唧啾声，立刻就不再安稳了，它们小啊，好动啊，希望妈妈赶快放它们到自由的天地里去。

"放我们出去吧，放吧！"它们唏唏地叫唤着。

"咯咯，咯咯！"母鸡对它们回答说。

母鸡这意思是："再等等，外面还很凉哩。"

"没事的，放我们出去吧！放吧！"小鹅们唏唏地嚷嚷。

四只小鹅忽然站起身来，伸长脖子，这时，母鸡被高高抬起，仿佛顶上了四根柱子。母鸡就这样在四根"柱子"上凌空摆晃着。

从这一天起，黑桃皇后和小鹅们就断了关系了，母鸡自己走它自己的，小鹅们也自己走它们自己的——不用说，黑母鸡这时候才完全醒悟，它是不想第二次再被顶上四根"柱子"了。

黑桃皇后

母鸡每每奋不顾身，起而卫护自己的小鸡的时候，总是所向无敌的。我家那只雅号叫"号手"的猎犬，只消用嘴稍稍使一点劲儿，就足以将母鸡吃掉，然而这只跟狼较量都不输狼三分的大个儿猎犬，却夹起尾巴，放开母鸡，跑回了自己的窝里。

我们这只孵蛋的黑母鸡，因为在卫护自己的鸡娃时对敌人表现出一种非同寻常的仇恨，又因为它的嘴像一张扑克牌上的黑桃镶在脑袋上，所以大家都管它叫"黑桃皇后"。每年春天孵小鸡时节，我们就往它肚子下面塞几个打猎时捡回来的野鸭子蛋，它就把小鸭子孵出来，然后把它们当成小鸡雏来抚养。可今年出事了，我们由于一时疏忽，刚孵出的小鸭子过早地溜到外头打了霜的草地上去，使幼嫩的肚脐进了水，结果便夭折了，于是就只剩下一只独苗苗。我们大家都看得出来：今年的"黑桃皇后"比往年脾气暴戾一百倍。

这可怎么理解呢？

我并不以为，黑母鸡会因为自己孵出来的不是鸡雏却是小鸭而怨天尤

刺猬住进我家

人。既然母鸡蹲在蛋上以后已看不见自己孵的是不是鸡蛋，也就只好蹲着，直蹲到雏儿都出壳，然后精心抚养它们，保护它们，免遭敌人的侵害，把一切尽心负责到底。它带引雏儿四处游玩，甚至不允许自己用疑惑的目光来打量它们："这是小鸡吗？"

我以为，"黑桃皇后"今年这样恼怒，并不是因为它受了骗，而是因为丧失了那几只鸭子，它尤其担心它那独苗苗的生命。那心情是可以理解的：可怜天下父母心啊，没有比独苗苗更令父母们更牵肠挂肚、视若心肝的了……

"黑桃皇后"一暴躁，灾难便落到了我那只白嘴鸦身上。我那白嘴鸦呀，真是太可怜了！

这只白嘴鸦到我菜园里来的时候，就已经折断了一只翅膀，开始习惯这个地面上的生活，虽然这种生活对一只没翅膀的鸟儿来说，真是够可怕的。可我一唤"小白嘴儿"，它就飞快地跑到我跟前来。有一次我不在的时候，"黑桃皇后"突然怀疑它想加害自己的小鸭，便把它赶出了我的菜园，打那以后，它再也没上我这儿来过。

多好的一只白嘴鸦呀！不提它啦！我那只如今上了岁数的猎犬拉达心肠可好了，它时不时把头从狗舍的门缝里伸出来，想找一个它撒尿时可以不受母鸡袭击的地方。它可是善于跟狼拼一死活的英雄"号手"哇！可如今，在它那敏锐的眼睛没有看清道路是不是畅通、附近一带有没有那只可怕的黑母鸡出没以前，它是决计不会离开狗舍一步的。

这里本来用不着说狗的事情。这主要是因为我太喜欢狗了！近些天，我带着出生才六个月的小狗特拉福卡出去遛弯儿，我才拐过烘麦房，就一

> 写给孩子的动物文学

眼看见那只小鸭子站在我面前。黑母鸡倒是不在小鸭子身旁，可我一想起黑母鸡，就感到毛骨悚然——它可能会从哪里突然钻出来，啄掉我这小特拉福卡最最迷人的眼珠儿的，这么一想，我拔腿就跑，待跑开那险恶之地，

刺猬住进我家

才从心底里感到轻松些，情绪也就舒畅了许多。我还能不为逃离黑母鸡的威胁而高兴万分吗？

去年，这只气咻咻的黑母鸡还发生了一件奇闻。那时我们这里的人都趁凉爽的半明不暗的夜间时光到草地割草，我忽然想到带我的猎犬"号手"到林子里去遛一遛，让它去追逐小狐狸或兔子什么的。我带着猎犬走进一片密密的枞树林，在两条绿茵铺盖的小路交叉处，我放开了"号手"，它一下就钻进了密密的矮树林里，把一只小灰兔追了出来，然后"汪汪汪"大声吼叫着，顺着小路追逐开去。这时节还不能打兔子，因此我也没带猎枪，我准备利用这几个钟头来欣赏欣赏猎人所特别喜欢的林间音乐。但是，我的猎犬突然在村边什么地方丢失了兔子的踪迹，终止了追逐。"号手"很快转身向我跑来，尾巴耷拉着，一副狼狈相，黄毛花斑上分明染了殷红的血迹，非常显眼。

谁都知道，在随便哪儿都可叼到羊只的日子里，狼是不会来碰猎犬的。可要不是狼，为什么"号手"会弄得这样浑身是血，狼狈不堪呢？

一种十分可笑的想象在我头脑里涌现。很可能，在所有怯懦的兔子中，忽然冒出一只胆气冲天的兔子，它羞于逃避猎犬的追逐。"宁死不受辱！"我心目中的这只兔子这么寻思着。于是它掉转头直向"号手"扑去。猎犬在小兔子面前虽是庞然大物，可是当兔子向它猛扑过来，它也即刻心怵胆寒，扭头就跑，晕头晕脑地跑着，也弄不清自己怎么一头撞进了刺蓬中，结果浑身都被扎得鲜血淋漓。兔子就这样地把"号手"赶回了我身边。

这究竟有多少可能性呢？

可能！

写给孩子的动物文学

我倒是认识一个平时事事怕人三分的人，可在他忍无可忍的时刻却挺身而起，眨眼间把自己的仇敌干掉了，可……那是人哪。兔族中是绝不会发生这类事情的。

我沿着兔子逃跑的小路走出林子，来到草地上，这时我看见一帮割草人，正一个个嬉笑着，一堆儿聊得兴致正浓，他们一见我去，就把我喊到他们那里去，仿佛他们心里都装满了话，要溢出来了，非找我倒一倒不可，好让他们自己感到轻松些。

"怎么回事儿？"

"瞧这是怎么回事呢？"

"哟！"

接着二十几个割草人七嘴八舌，对我讲起同一个故事来，可什么也听不明白，这时有一个声音从割草人的喧嚣声中飞出来："是这么回事！是这么回事！"

原来，事情是这样的。一只小灰兔一下蹿出林子，向通往烘麦房的路上跑去，"号手"紧随着兔子，从林子里飞快地追出来，跑得连身子都与四条腿拉成一直线了。我们的"号手"曾经在一块开阔的空地上追上了一只老兔子（强壮善跑的英俄种），如今追一只小不点儿兔子，对"号手"来说，就更不在话下了。小灰兔为了避开猎犬的追逐，往往钻进村旁的麦垛子里，或烘麦房里。而"号手"却在灰兔快钻进烘麦房时追上了它。割草人都看见，当"号手"在烘麦房拐角处，张嘴要叼到小兔子的一刹那……

往往有这样的情况，比如说打牌吧，所有的牌都被对方吃了，只剩下一张吊着命，眼看快完蛋了，注定要输给对手了，似乎打牌这玩意儿压根

刺猬住进我家

儿就没什么意思，反正一打就输。也往往有这样的情形，对手把如意算盘打得美美地，他知道他出的三张牌定赢无疑：出三吧。

三！

三得手了。

七！

七得手了。

红心 A！

然而不是 A，打出来的是黑桃皇后。

众割草人今天亲眼所见的就是这么回事儿。

"号手"正要逮到兔子的一刹那，蓦然从烘麦房里飞出一只硕大的黑母鸡——直向"号手"飞扑，要啄它的眼珠子。"号手"见势不妙，掉头就跑。可"黑桃皇后"呼一下飞上狗背，用它强有力的尖嘴在它背上啄呀，啄呀。

就是这么回事儿！

这就是为什么红毛狗的黄色斑块糊满了血：一只普通的母鸡把一只跑跳如飞的狗啄得皮破血流，狼狈不堪。

森林大夫

我们在春天的森林里走，边走边观察树洞里的啄木鸟和猫头鹰是怎么生活的。

突然，在那一棵很早就已经被我们注意到的大树上，传来木匠锯木般的声音。我们听人说过，这是伐木工人在伐枯木，送到玻璃工厂里去做木柴。我们十分担心那棵有趣的树是不是会被锯了。我们怀着忧虑向传来锯声的那个方向快步走过去。但是我们晚到一步——那棵我们担心的白杨树已经倒在地上了，空了壳的松球在树桩周围撒了一地。这些松球是啄木鸟在漫长的冬季里啄剩的松球壳。它先把松球收拢，带到这棵白杨树上，藏到它设在两根树枝间的作坊里，把它们一个个啄空了。

一个小伙子正坐在锯倒的白杨树旁休息，他们就是锯倒白杨的人。

"唉，你们也真是！"我们指着锯倒的白杨树说，"让你们锯枯树的呀，可瞧瞧，你们都干了些什么！"

"啄木鸟啄了这么多洞洞，"两个小伙子回答我们说，"我们看过了，这棵树反正是活不成了，我们就锯了它了。"

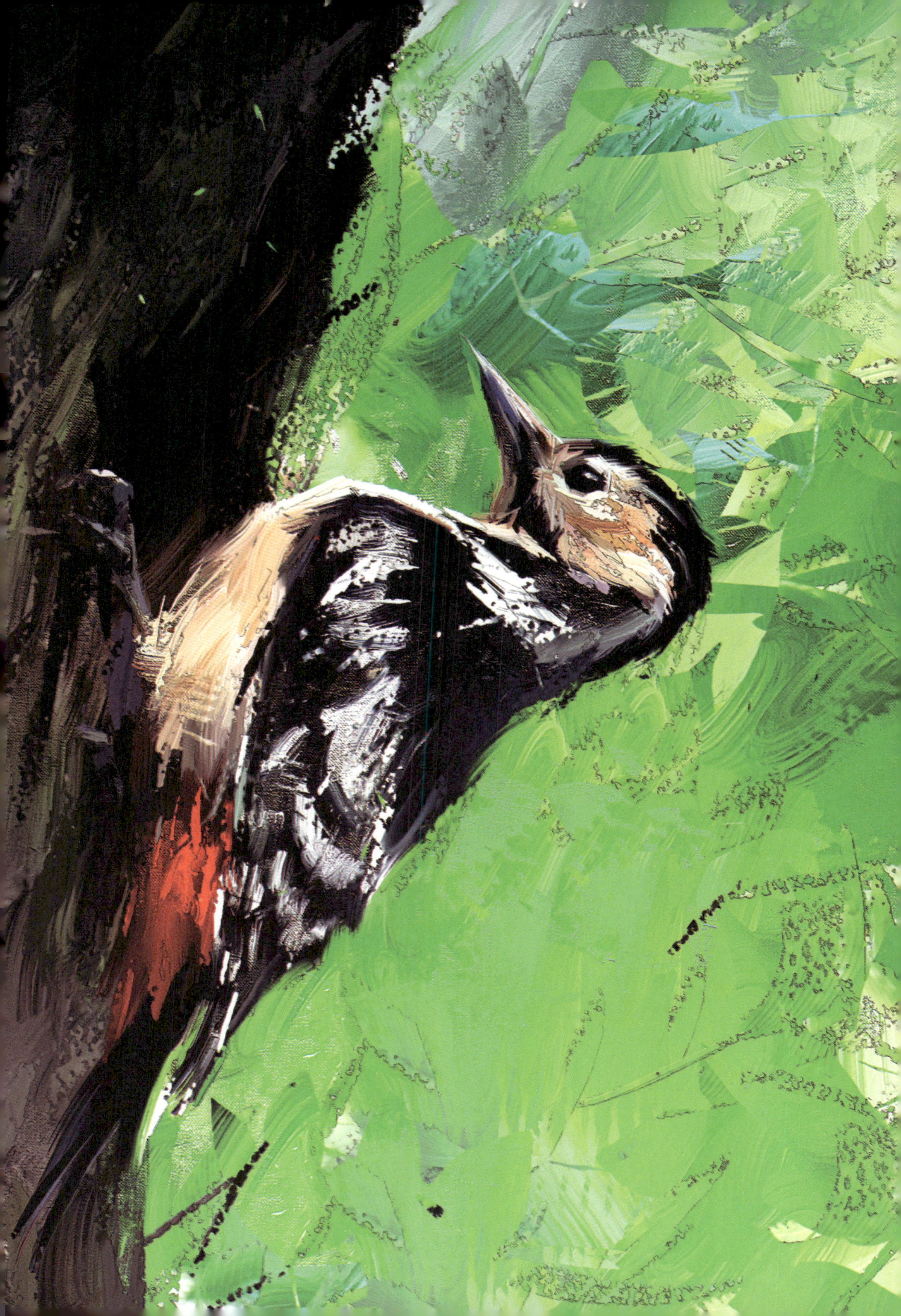

写给孩子的动物文学

我们仔细看这棵树，它还是青青的哩，只是在一公尺长短的地方洞眼多些，一条毛茸茸的青虫从树干上爬过去。

这不明摆着的，啄木鸟像大夫那样给白杨叩诊：它用嘴笃笃一啄，看出树干被里边的虫子蛀空了，它就马上动手术，把虫子一条一条取出来。这样一次、两次、三次、四次……到头来，白杨树那不很粗的树干上就变得像木笛似的布满了小洞眼了。啄木鸟这外科大夫在白杨树干上打了七个洞，它连连打下去，打到第八个的时候，才把所有的虫子都取干净，于是白杨就得救了，发青了，变绿了。

"你们看，"我对小伙子们说，"啄木鸟是森林大夫，它治好了白杨树的病。白杨树本来可以活下去的，而你们却把它给锯倒了。"

小伙子们听了我说的话，都傻了眼。

我们把这段白杨锯下来，送到大自然博物馆里去做陈列品。

啄木鸟

我看见一只啄木鸟,它的尾巴是短小的,所以显得身量也就短。它飞着,嘴里衔着一个大枞树的球果。

它在一棵白桦上停落——那儿有它剥开枞球果的作坊。它嘴衔枞球果,顺着树干向上跳到它经常去剥枞球果的地方。这时,它才忽然发现,它一向用来夹球果的枝丫分叉处还有一个吃空了的枞球果没扔掉,这样,它新衔来的球果就没地方搁置了——这可怎么办呀?它没法挪开原来那个旧的,因为嘴这会儿不空着。

这时候,啄木鸟完全像人在这种情况下应该做的那样,把新的枞球果紧紧夹在胸脯和树干间,用腾出来的嘴快快将空球果弄走,然后再把新球果搁进自己的作坊,接着开始一下一下啄开它。

你想不到它有这样的聪明气吧?它从来都是精神饱满,生气勃勃,活跃而又能干的。

好出风头的喜鹊

我们的莱卡种猎犬生长于北地。北地的西伯利亚有条比雅河,我们的猎狗就来自那条河沿岸。为了对出产这种狗的比雅河表示我们的敬意,我们把狗取名为"比雅"。但比雅这个名字大家叫着可能还表达不了心中的爱意,就开始叫它爱称"比尤什卡"。可能是大家觉得这种叫法还不过瘾,于是又改叫成"韦尤什卡"。韦尤什卡,韦尤什卡,听起来似乎是更亲切了。

我们难得带韦尤什卡出去打猎,不过,它给我们做门卫倒是太棒了。我们出去打猎的时候,尽可以放心,韦尤什卡不会放过任何一个敌人的。

韦尤什卡是一只生性活泼的小狗,大家都很喜欢它,特别喜欢它那对蜗牛触角似的耳朵,特别喜欢它那根镯环儿似的尾巴,特别喜欢它那副蒜瓣儿似的白牙。我们给了它两块午饭吃剩的骨头。韦尤什卡得了这份礼物,就松开自己镯环儿似的尾巴,好像柴棒一般倒垂下来,它这么一来,就表示它心里不安了,就说明开始戒备了。大家都知道,生性喜欢啃骨头的动物是很多的。所以从得了骨头那一刻起,它就防备别个来抢它的宝贝。韦尤什卡垂着尾巴,跑到牧草丛里去啃它的骨头,把另一根骨头搁在自己身旁。

刺猬住进我家

这时,不知道从什么地方忽然来了几只喜鹊,它们一跳一跳,一跳一跳,一直跳到猎狗的鼻子跟前。当韦尤什卡把头转向一只喜鹊的时候,另一只喜鹊就乘机从另一边啄一嘴骨头上的肉屑,还把一小块碎骨给啄跑了。

这事情发生在深秋,这年夏天孵出来的喜鹊已经完全长大了。这会儿,同窝孵出来的七只喜鹊都在一起,它们从父母那里学会了偷盗的诀窍和本领。它们敏捷地啄食从猎狗嘴边偷来的小碎骨,不一小会儿,它们又想到猎狗那里去抢第二块了。

俗话说,无丑不成家,喜鹊家里也是这样。在七只喜鹊当中,有一只喜鹊,说它愚蠢倒也不是,可头脑说发昏就发昏,说糊涂就糊涂。这不,眼下就是这样,六只喜鹊按眼前的情势采取正确的进攻策略:彼此交换了一下眼色,然后围成大大的半圆形向骨头一步一步围上去,只有那只好出风头的喜鹊憨里憨气地跳着。

"喳——喳——喳!"六只喜鹊同时叫起来。

这喳喳,在喜鹊的语言里就是:"跳回来,你得按喜鹊通常的跳法,按喜鹊共同的规矩跳。"

"恰——恰——恰!"好出风头的喜鹊回答说。

它这话的意思是:"你们照你们通常的跳法就是了,我嘛,要按我自己想跳的样子跳。"

就这样,好出风头的喜鹊冒着风险和恐怖,向韦尤什卡的身边跳去。它想着,韦尤什卡是愚笨的,会抛开骨头向它冲过来,这样它就可以乘机把骨头抢走。

韦尤什卡其实非常明白,这好出风头的喜鹊心里怀的是什么鬼胎,它不上当，不向这愣头喜鹊冲过去，只是斜着眼睛注意它。韦尤什卡放下骨头向对面望了一眼，对面的六只喜鹊聪明着呢，它们跳着，思忖着，并不冒失，只是围成半圆形，伺机向猎狗发起盗抢行动。

在韦尤什卡回头的一瞬间，那只好出风头的喜鹊乘机发动抢劫。它已经抓到了骨头，它已经来得及转过身，连翅膀都已经在地上拍击，牧草的灰尘也已经扬起，只需再有一眨眼的工夫，它就能飞起来，真正是再有一个小刹那间——可是没有这它需要的一小刹那，它刚要飞起来呢，韦尤什卡一扑闪，把它的尾巴给咬住了，骨头从它的嘴里滑落了……

好出风头的喜鹊好不容易挣脱了，但整条漂亮的长尾巴——喜鹊闪光的长尾巴落在了韦尤什卡的牙齿间了，像一把锋利的短剑，长长地翘起在韦尤什卡嘴的两边。

谁见过没有尾巴的喜鹊？甚至很难想象一只以抢劫为能事的喜鹊可以没有这漂亮的尾巴！它如今丢了尾巴会变成什么模样，还怎么去见它的伙伴？没有尾巴的喜鹊一定会让人看着怪模怪样的，怎么看怎么不是东西！因为在这只喜鹊身上，已经没有半点可供喜鹊自豪的资本了，从它身上不但看不出喜鹊的样子，就连什么鸟儿的模样也没有了：这只是一个有头有脑的五彩圆球了。

没有尾巴的好出风头的喜鹊，此刻停歇在附近的一棵树上，另外六只喜鹊都向它飞来。从喜鹊们叽叽喳喳乱叫乱跳的情形看来，喜鹊生活再没有比失去尾巴更糟糕、比失去尾巴更蒙受奇耻大辱的了。

白桦树上的小喇叭

我发现了由一截白桦树皮卷成的一个小喇叭,紧贴在树干上,样子奇妙得让人很想去探个究竟。一定是有人在上端砍几刀,下端砍几刀,随手揭起一长条桦树皮,走了。这揭口旁边的树皮就渐渐翻卷起来,慢慢卷成了一个喇叭形的树皮圆筒。这喇叭筒上下两头的口子往往是上大下小,干缩了以后,下头的筒口紧紧收拢,就封死了,而上边的圆口则朝天张开着。在白桦树林里,这种附贴在树干上的喇叭筒常常可以见到的,所以人们也就不会去留意它们。

可今天,我倒是要仔细端详端详,这样的喇叭筒里究竟有没有装什么东西。我在第一个卷筒里就发现了一个完好的核桃,牢牢嵌在卷筒底部。我找了根木棒去拨动它,还拨不出来呢。周围没长核桃树呀。这颗核桃怎么会落进这卷筒里的呢?

"十有八九,是松鼠藏在这儿的——它在这里储存它的冬粮呢。"我脑子里这么思忖着,"松鼠知道,这树皮筒会越卷越紧,这核桃就会牢牢卡夹在筒底,掉不下去了。"可后来我又猜想,这应不是松鼠的冬粮,该是特别爱吃核桃肉的鸟，将这核桃从松鼠窝里偷来，扔藏在这卷筒里的。

定睛端详着我的白桦树皮卷筒，我还想探寻一下这核桃下边还有什么。不料，谁都想不到的，是一只蜘蛛，卷筒底部就网满了它细细的柔丝。

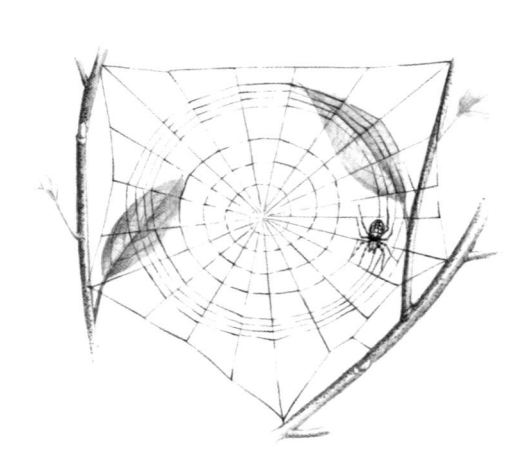

鹡鸰

我们天天都满心期盼着报春鸟鹡鸰的出现,只要它一来,那就是说,我们心中盼望的春天又回到大地了。好了,它终于飞来了,它蹲在一棵橡树上,一动不动。我明白:这就是我们的报春鸟鹡鸰了,它这就会在这片林子里住下来了。现在,我放心了。我敢断定,我们这鸟将整个夏天都在我们住地的近旁生活,就算是它飞开去,那也是到别的地方闲游些日子,过不久还会飞回来的。

瞧,那是我们的欧椋鸟,它一飞到我们这里,就直接钻进自己的树洞里,随后就一声声地唱开了。我们的报春鸟鹡鸰可不一样,它飞到汽车旁,跟我们亲近。我们叫"亲家"的小狗挨着它蜷蹲着,做出一副若无其事的样子,其实它是想一举逮住这小个子鸟儿。

鹡鸰鸟通身淡灰色,脖子到前胸有一片羽毛黑漆漆的,宛若佩挂了一条深色的领巾。它这身打扮可真是靓透了,鲜丽,生动,微微渲出点儿滑稽,惹人笑。它走到亲家的眼皮底下,几乎就挨到了狗嘴边,摆出一副全然不把狗放在眼里的架势。其实,鹡鸰是很知道狗的厉害的,它知道狗随时会向它扑过来，展开攻击，这不，它露出了一副獠牙，向优雅的小鸟儿冲击了。鹡鸰敏捷地嘟的一声飞开，在离狗几步远的地方停住了。狗又愣住了，凶巴巴地紧盯着鸟儿。鹡鸰正眼直视着狗，一蹦一蹦地跳着，它的腿细溜溜的，却很有弹性。它就这样蹦跳着。我差点儿扑哧一声笑出来，大声对我的亲家说："你不只是我的亲家，不只是我的哥们儿，你是我的小亲亲啊。"

鹡鸰还直朝着狗快快地大步跳去。

我的猎犬拉达在一旁静静站着，像木柱子那样一动不动地站着，观赏鹡鸰和这半大不小的猎犬。拉达压根儿就不想干涉这场看着挺好玩的犬鸟游戏。于是，犬鸟间的游戏就这样一直持续着，有个把钟头还多些。拉达跟我一样，眼睛一眨不眨地瞅着这对峙的双方。当鸟儿大步流星向狗迈步走去，拉达犀利的目光就转向了亲家，它倒是要弄个明白，究竟是狗逮住鸟，还是鸟再把自己长长的尾巴对向狗。

在这冰雪消融时节，当积雪从沙岸一块接一块崩落，鹡鸰这报春鸟没有一天不是快快乐乐的，总是忙个不停。这时来观赏鹡鸰，让人觉得最是好玩。鹡鸰不知怎么的总是沿着河边的沙滩奔跑。它一边跑一边用自己的脚爪在沙滩上写下一行行的小楷字。它向后退，小楷就没入了水中。于是它又写一行新的，它就这样进着，退着，写着，几乎不停歇地从早到晚忙乎一整天，当然，沙滩上最后还是什么也没留下——水漫上来，小楷就被淹得没了踪影。谁也弄不明白，我们的报春鸟，我们的鹡鸰，它不知从哪门子蜘蛛那里获得了启示——做成又毁了，毁了又重做，如此周而复始，无穷无尽，没完没了。

河水开始退去，沙岸又展露出来，沙坡上又有了鹡鸰鸟用它竹叶形的

刺猬住进我家

脚写下的字行，不过字行的疏密不一样，字行有时疏朗些，有时稠密些，这又是什么缘故呢？这缘故就是因为漫上来的河水速度慢的时候，字行就稠密些，河水漫上来速度快的时候，字行就疏朗些。

凭着鹡鸰鸟写在湿沙岸坡上的手稿，就可以分辨出：是暖意融融的春天已经来了呢，还是因为春寒料峭减缓了河水的涨速。

我很想把这位报春鸟作家的作品用照相机拍摄下来，但是做不到。鹡鸰不停写作的同时，总是用一只眼睛偷偷瞭望着我。它发现我要对准它照相，它就立刻挪到离我很远的地方，再继续它竹叶形字的写作。连它在岸上枯枝堆里做窝时，我也照不下它的相貌来。有一天，当我们怎么摆弄也拍不成它的形貌时，一个好心的老人看见了我们，说："哎呀，小家伙，你们没摸透鸟儿的脾性啊！"

说完，他带着我们躲起来，在枯枝堆后头按下我们的身子。不到十分钟，不明就里的鹡鸰好奇地跑近我们的干枝堆——它想要弄个明白，这两个家伙躲哪儿去了呢？它在离我们几尺高的地方蹲下身来，十分惊讶地抖动它细长细长的尾巴。

"它想弄明白你们究竟躲在什么地方。"老人看着鸟儿的神态，猜测说。

我们挪移了几个地方，我们战战兢兢地调整着我们的姿势，把照相机支在一根从柴堆里露出来的枯枝上。这回，我们成功了：鹡鸰跳到柴堆边边上，接着，它就在我们支照相机的枯枝上蹲下来，恰恰好，我们"咔嚓"一声照下了它。

小 鹬

春天来了,慢悠悠地来。湖里的冰还没有化尽呢,青蛙就忙不迭地从地里钻出来,还咕呱咕呱直叫。榛树开花了,但花蕊里还没有分泌出黑色黄色的花粉来。一只鸟飞来,抓住一根小树枝,看着刚吐露的若有若无的黄色嫩芽,呆呆地直看着,也就不飞开了。

森林里一小片一小片的残雪正在融化。鲜嫩的树叶成簇成簇地从树枝上挤出来,远远望去,密密匝匝地一片是亮灰的颜色。

我仔细端详停落在近旁的鸟儿,那羽毛的颜色像它脚下的陈年树枝,眼睛倒是既大又传神,嘴长长的,差不多有铅笔那么长吧。

我们一动不动坐着。当小鹬深信我们不是活物,它站起来,晃了晃它那双铅笔般的长嘴,猛一下插进一片朽烂的树叶。

我没看清它在那片朽烂的叶子下面啄到了什么,但我们看见它这一嘴下去,大半截就穿过烂树叶插进了泥土,只有山杨树枝的一小截还露在外面。

接着,它又一下一下地啄烂树叶,啄了七下。我们惊动了它,它就沿

刺猬住进我家

着林边飞去了。当它从我们头上飞过时,我们数了一下:穿在它铅笔长嘴里的老树叶有厚厚一叠,总共是七张。

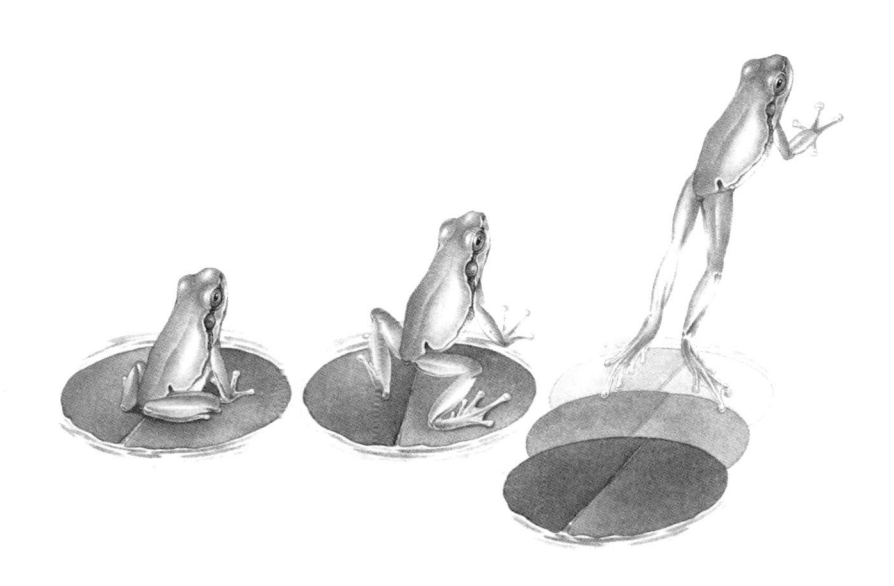

会说人话的白颈鸦

我来讲个故事,这是早年的事了。那是一个荒年里碰到的事。一只年轻的黄嘴小白颈鸦老喜欢飞到我的窗台上来。看得出,它是个孤儿。那时候,我藏着整整一袋荞麦米,所以天天吃的尽是荞麦饭。现在,一只小白颈鸦飞来了,它一来,我就给它撒些荞麦米,问:"小傻瓜,你想吃饭吗?"

它啄了几嘴,就飞开了。每天都这样,整整一个月都这样。对于我所问的话"小傻瓜,你想吃饭吗",我很希望它能够说"我要"。

但它对我的问话,只是张开黄黄的嘴巴,伸出红红的舌头。

"看来不行。"我很生气,打消了教它说话的念头。

快到秋天的时候,我发生一桩不幸的事:我到柜子里去取荞麦米来做饭哩,却发现里头一粒荞麦米也没有了。像贼进来洗劫过一样,连盘子里的半根黄瓜也掳了去!我只好饿着肚子上床睡觉。一整夜,我就翻来覆去睡不着。早晨起来,我往镜子里一照,哎呀,脸色都发青了!

"笃!笃!"谁在叩我的小窗。

白颈鸦在窗台上啄我窗子的玻璃呢。

刺猬住进我家

"这不是肉吗?"我心里想。

我打开窗子,想要逮住它。可是它离开我跳到树上去了。我爬上窗口去追它。我想去摇动树枝,它就飞到高处去蹲着,我怕上树。它再飞得高些,直飞到树顶上。我不能再往上爬了,因为树摇晃得太厉害了。它简直是个骗子,它在我上头对我说:"小——傻瓜,你——想吃——饭吗?"

小山雀

我的眼睛里吹进了一粒细小的木渣儿。我才把它揉出来,另一粒细木渣儿又落进了我眼睛里。

我这时才发觉,这细木渣儿是风刮进我眼睛里的,它们从上面飘落下来,而我走着的小路在下风,所以就纷纷扬扬飘进了我眼里了。

那么,风吹来的那一边一定有人在枯树上头砍什么东西。

我逆着风,在被木渣儿铺成白色的山间小路上走着,稍稍抬头,一下就看到两只小不点儿的山雀,身子幽蓝幽蓝的,雪白的脖子上有两条漆黑的斑纹,颈毛蓬松着,它们蹲在枯树干上,用嘴壳子不停地啄凿着,从腐朽的木头里找小虫子吃。它们干活的动作非常麻利,眼看着这两只小山雀往树洞里越凿越深。我用望远镜久久地观察着它们,直到当中的一只露出一截小小的尾巴。

这时,我蹑手蹑脚地绕到树的另一边去,小步走近山雀翘出小尾巴来的那个地方,用手掌蒙住了树洞。小山雀在树洞里静静的,一动不动,仿佛它一下子就死过去了。我把手掌移开,拿手指轻轻碰碰它的尾巴,它依

刺猬住进我家

然是一动不动;我再用手指在它的小背上轻柔地抚刮了一下——它趴着,还是像被打死了一般。

而另外一只小山雀停在两三步远的小枝丫上,不停地吱吱叫唤。不难猜想,它是在给它的伙伴出主意,让它静静趴着,别动弹。它定是在说:"你趴着,别吱声,我在他旁边叫,等他来追我,我就飞开去,你可别发蒙,要抓紧时机逃掉。"

我并没有想要捉弄小鸟,所以就退到一旁,看接着会发生什么故事。那只自由的小山雀看见我并没走远,就提醒那趴在洞里的小鸟:"你最好还是继续趴着,别动,别吱声,他还站在近旁看着呢。"

于是我不得不耐心地站着、等着、观察着……

我就这样久久站着,直到那只自由的山雀不再用特别的声调喋喋地叽喳,我猜想,它一定是说:"出来吧,他就是死站着,能拿他怎么办呀?"

尾巴不见了。脖颈上带条纹的小脑袋伸了出来。它叽的叫了一声，说："他在哪儿？"

"喏，那边站着哪，"自由的鸟儿也叽地叫了一声，说，"看见了吗？"

"啊，看见了！"那只受困的鸟儿说。

于是它冷不丁嘟一声飞出洞来。

它们只飞开几步远。它们准是急于要告诉对方："咱们来瞧瞧，他到底走了没有。"

它们站在一根高枝上。在那里，它们双眼直溜溜地对着我看。

"还站着哩。"一只说。

"就赖着不走呢。"另一只说。

说完，两只小山雀便飞开去了。

白鼬

　　白鼬这种猛禽出猎时间都在深夜，白天悄悄躲着。都说，白鼬的眼睛在白天看出去是两眼一抹黑，什么也看不见，所以，干脆就藏身不出。而我以为，它在白天也是能看见东西的，正因为这样，它才白天将自己的身子隐藏起来，神不知鬼不觉的，不让敌人发觉它，一到晚上，就出来四处劫掠。

　　有一天，我在林边走着。我的身边跑着一只个儿不大的西班牙种猎狗，毛长长的，耳朵拖到地上。狗有个诨名叫"亲家"，不知为什么在一大堆干柴里嗅起来。它只是绕着柴堆跑，不肯往前走，犹犹豫豫地，不住往柴堆下边钻。

　　"走，别理睬！"我对狗喝令道，"这是刺猬。"

　　我的狗是很有教养的：我一说是"刺猬"，亲家就跑开了。然而，今天不，亲家不听我喝令了，就跟我拗着，照样一会儿往柴堆上跳，一会儿往柴堆下钻。

　　"准错不了，刺猬。"我心里琢磨。

突然，亲家从柴堆的另一边钻进去，这时，从柴堆下头跑出一只白鹇来，个儿大得吓人，样子非常凶悍，眼睛全像猫，又大又圆。

白鹇跑出来，这在鸟世界里可是了不得的大事件。我还是孩子那会儿，走进一间黑漆漆的房间，房间四周堆满了东西，我就怕鬼跳出来。诚然，这是我年幼无知，人间世界里是没有什么鬼的。但是在鸟世界里可就两样了，我拟想，鸟世界里是有鬼的——白鹇这夜间强盗就是鬼。白鹇从柴堆下方跳出来，这对鸟儿们来说，就好比是一个恶鬼突然出现在我们中间，就是鬼来了。

白鹇惊恐万状地从柴堆下面钻出来，刹那间又钻进了邻近一棵枞树下。就在这时，一只乌鸦从空中飞过。乌鸦看见林中强盗，在枞树顶端停了下来，不由得一声大叫——

"呱！"

从这一声全然变调的叫声中，一下就能听出，乌鸦已经被惊吓得丧魂落魄了！乌鸦只"呱"的一声，可就在这一声惊叫中，细细品味起来，定能品味出乌鸦的心惊胆战，就好比是人吓得灵魂出窍时的一声——

"鬼！鬼……"

停在不远处的几只乌鸦一听这乌鸦的惊叫声，便也跟着惊叫起来，更远地方的乌鸦于是相随惊叫，森林里成群成群的乌鸦也就跟着呱呱呱呱全都叫嚷起来。千万只乌鸦腾起在森林上空，大团乌云似的，哎呀，整座森林于是也就只听得一片"鬼来了"的惶恐不安的嚷嚷声。鸦群向第一只发出惊叫的乌鸦飞来，汇集在同一棵枞树上，这棵枞树看起来从上到下一片黑。

听得乌鸦世界里惊恐慌乱的聒噪声，白眼的黑寒鸦们也飞来了，天蓝

刺猬住进我家

色翅膀的松鸡们也飞来了，金黄色的黄莺们也飞来了，它们都向乌鸦麇集的地方飞来。这么多的鸟，一棵枞树当然耐不住，于是旁边所有的树枝上统统落满了鸟，森林里更多更多的鸟，山雀、鹊鸹、柳莺、红胸鸲，还有各种鸫鸫，呼噜呼噜都云朵一般盖住了整片树冠。

这时，亲家被弄迷糊了，这白鹇不是从柴堆下钻出来又蹿进了枞树下边了吗？不是在那儿啸叫，在那儿拼命刨土了吗？乌鸦和所有其他的鸟都在看白鹇刨出来的土，他们在等待猎狗亲家，指望它跳来，扑过去，将白鹇强盗从枞树下头赶出来。

可是亲家只在那儿瞎转悠，胡乱跑动。乌鸦们耐不住性子了，拼命地叫："呱！呱！呱……"

这时的"呱呱"，意思就不外乎是"傻狗！憨狗"。

最后，亲家嗅到白鹇的气味，从柴堆下很快钻出来，很快循着气味追到枞树下，这时乌鸦们又齐声大叫——

"呱！呱！呱……"

它们的意思准是："对了，这就对了！"

当白鹇从枞树下跑出来，扑动翅膀时，乌鸦们又叫起来——

"呱！呱！呱……"

这下，它们的意思应该是："嗨，拿住它！"

所有的乌鸦都从树上腾飞而起，随即，山雀，鹊鸹，红胸鸲，鸫鸫——所有的鸟像一大团乌云飞去追白鹇，它们嘶声齐叫："拿住它！拿住它！拿住它！"

我忘了说，正当白鹇张开翅膀愣着的时候，亲家不失时机地用它的獠牙一下逮住了白鹞的尾巴。但白鹞力气太大，拼命一挣，挣脱了，亲家的牙齿只咬着白鹞的一撮尾羽。

亲家为自己这一失手而火冒三丈，顺着旷野迅速飞追过去，它跑得比鸟还快。

"对了！对了！"几只乌鸦在亲家身后猛叫。

这时，鸟们很快乌云一般覆盖了地平线，亲家也消失在了小树林里。至于亲家是怎么制服白鹞的，我就不知道了。

亲家回到我身边，已经是个把钟头以后了，它的嘴里只咬着一撮白鹞的羽毛。

这样，我就不能告诉大家，亲家嘴里拽回的这撮羽毛，是白鹞停止飞动时拽得的，还是鸟们追上了白鹞，亲家帮助鸟们拿住了白鹞，最终制服了这恶魔？

没有见到就是没有见到，我不能给大家瞎编一通啊。

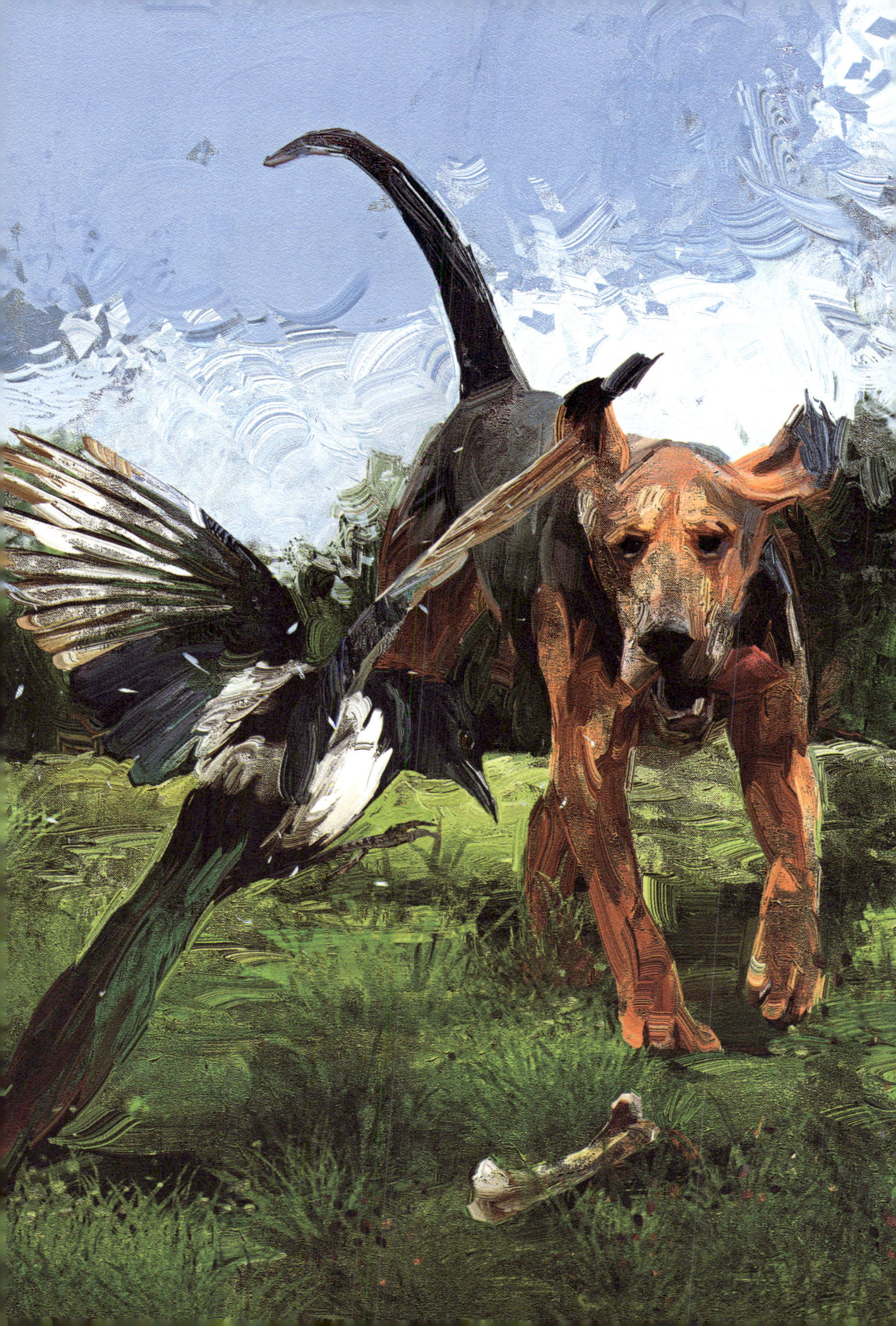

刺猬住进我家

一天，我沿我们那条小溪的岸边闲走时，看见了一株矮树下有一只刺猬。它一看见我，就立刻蜷成一团，同时发出"嘟——嘟"的声音。这声音听起来很像是远处公路上传来的汽车喇叭声。我拿我的皮靴子尖轻轻拨了它一下，它就从鼻孔里狠狠喷出气来，威胁我呢，还用身上的尖刺来刺我的皮靴。

"哦，你这样来对付我啊！"说着，我就用靴尖一下把它踢进了小溪。

刺猬眨眼间就松开了它的刺毛，同时向岸边游来。它很像一头小猪，只不过背上长的不是鬃毛，而是一根根的尖刺。我抄起一根小木棒，把它拨到我的呢帽里，带回了家。

我家里有很多老鼠。我曾听人说，刺猬会捉老鼠，我就想，把它留在我家里捉老鼠，不是个好主意吗？

我把刺猬放在地板中央，自己坐下来写作，边写边睨着眼角偷偷瞅着它。它先是一动不动地躺在那里，过了一会儿，我在桌前刚坐定，刚安静下来，刺猬就松开了它的身子，向四面八方张望了一通，接着这儿那儿试着跑动

刺猬住进我家

跑动，最后，它在床底下找到了个地方，就躲了进去，然后就再也听不到它的动静。

天黑了。我点亮了蜡烛。

"啊，您好！"刺猬从床底下爬出来，问候道。

不用说，刺猬是把我的蜡烛灯当成了林子里升起的月亮了。刺猬最喜欢的，就是在月光下绕着林中空地自由自在地溜达。它按它的习惯在房间里跑起来——它把地板想象成林中空地。

我取出烟斗，点上，抽起来，给"月亮"边上喷些淡淡的"薄云"。现在，看起来就跟笼着雾霭的树林完全一样了：有月亮，有雾霭，我的两条腿自然就成了两根树干了。刺猬这下可来了兴致：它在"树干"间蹿过来蹿过去，忽而站下来闻闻，忽儿用它尖刺似的硬毛擦我皮靴的后跟。

我看着报纸，看着看着就倦了，任报纸滑落在地板上，自己上了床，睡着了。

我睡觉一向很警觉，稍有动静就会醒过来。蒙眬间，我听得房间里发出一种沙沙声。我立即擦亮火柴，点亮蜡烛，就在蜡烛亮起的时候，我看见刺猬在床底下一闪。可是那张报纸已经不在桌子边了，而是在房间的正中央了。我于是再没了睡意，就这样让蜡烛点在那里，心里想："这刺猬究竟要拿这张报纸做什么呢？"我的这位住户没有让我等待太久，就从床底下跑出来了，一直跑到报纸跟前。它在报纸周围忙乎着，不断发出响声，沙啦，沙啦，过了一阵子，它终于想出了一个好法子来了——不知怎么一个动作，它把报纸一角穿在了自己的刺毛上，把偌大一张报纸拖到屋角去了。

我这就弄明白了：它一定是以为这张报纸是树林子里的枯叶，就决定

写给孩子的动物文学

刺猬住进我家

拖去给自己做窝了。我的猜想果然没错，刺猬很快用报纸把自己整个身子包裹起来，给自己做了个像模像样的窝。做完了这件大事，它走出自己的住所，站在我床对面，仔细瞅着我的蜡烛，瞅着它的"月亮"。

我又喷了些烟雾。

"你还要干什么？"

刺猬一点都不怕我。

"你想喝水吗？"

我站起身来，刺猬也不逃开。

我拿了一个盘子搁在地板上，提来一桶水，哗啦一下把水倒在盘子里，一会儿又哗啦一下把水倒回水桶，哗啦哗啦的水声，好像是小溪在哗啦啦地流淌。

"喂，来呀，过来……瞧，我给你安放好'月亮'，给你喷上了'云雾'，又给了你水……"

我留神着，它似乎向前挪了挪身子。我就随即把"小湖"向前移了移。它又挪动了一下身子，我就再把"小湖"往前移了移。这样，它就跟"小湖"碰在一起了。

"喝吧！"我说。

它就舔起水来。

我用手轻轻捋了捋它的刺毛,像是在抚摸它,嘴里不停地说:"你这小东西真好!真好玩!"

刺猬喝够了,我就对它说:"现在,去睡吧。"

我躺下来,把蜡烛吹了。

我不知道睡了多久,又听得房里有动静,准是刺猬又在干活了。

我点亮了蜡烛。

你们猜是怎么一回事?

刺猬在房间里跑着,尖刺上戳着一个苹果!它跑到窝里,把苹果安放妥当,再跑到屋角里来戳第二个,放在屋角里的一袋苹果已经歪倒了。刺猬跑到苹果跟前,缩成一团,接着,舒展一下,又跑了——尖刺上又戳着一个苹果,拖往窝里去。

刺猬就这样在我家里住下了。现在我每逢喝茶,总把它搁到桌子上。我一会儿给它往盘子里倒些牛奶,它吃得精光;一会儿给它掰块面包,它也吃了个精光。

这往下滚的家伙是敌人吗？

我有一只小猎狗，它来到世上还不久。它的名字叫罗摩尔，不过，我多半叫它罗姆卡，偶尔，我也尊称它为罗姆恩·瓦西里奇。

罗姆卡的爪子和耳朵长得特别快。它的耳朵长得那么长，以至于它一低头，就连眼睛都给遮得看不见了。它的爪子常会碰上什么东西，于是就常害得它要摔个四仰八叉。

今天，发生了这么一件事。

罗姆卡沿着石阶从地下室跑上来，它的爪子碰在半块砖头上，砖头就顺着台阶骨碌碌一级级滚下去。罗姆卡很觉奇怪，它站在上面，两只耳朵垂到眼睛上。它往下望了一阵，头一会儿转过来，一会儿扭过去，拼命想要把耳朵从眼边甩开，这样眼前发生的才能看得清楚：这往下滚动的活物，究竟是什么。

"罗姆恩·瓦西里奇，瞧砖头这家伙，就像活物似的，会跳哩！"我说。

罗姆卡用思索的眼神直朝我望。

"别老望我，别老傻站着。你不趁早逃开，它会憋足劲儿从下面跳上来，

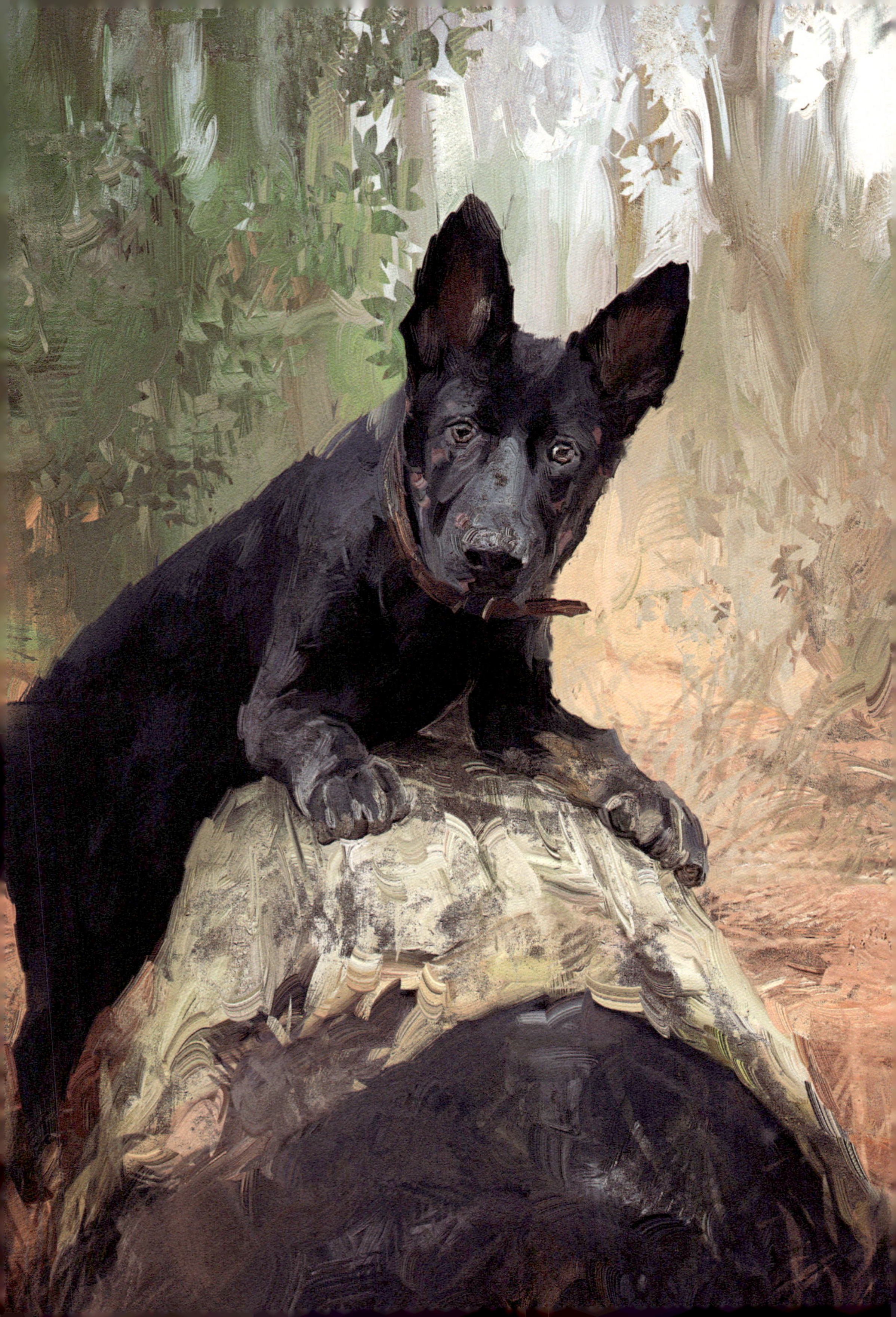

刺猬住进我家

一直撞破你鼻子的!"我接着说。

罗姆卡骨碌转动了一下眼珠子。它准是想要跑下去闹个明白,这没有生命的砖头,怎么弄的,会活起来,会自己往下滚动?然而,真要跑下去又觉得很危险——跑到那里,砖头把它一下拽住,把它永远拽在黑暗的地下室里,那可怎么办啊?

"那可怎么办啊?"我于是问它,"能逃得掉吗?"

罗姆卡只向我瞥了一眼,不过我已经明白了它的意思,它是想对我说:"我是想逃掉哩,可怎么个逃法?我一转身,它不会揪住我的尾巴吗?"

嗨,没有的事。罗姆卡就这样呆站了许久,这是它第一次站定盯住没有生命的砖头,那神态就好像是大猎狗在草地上,用鼻子使劲地嗅闻着野鸟气味。

罗姆卡站得越久,就越害怕。狗的感觉就是这样的:敌人越是悄无声息地躲着,那就可能是,当它突然活动起来,突然跳将起来,就必定越加来得可怕。

罗姆卡一直对自己鼓劲说:"我就站着不动。"它隐约听得砖头似乎在低声说:"我也就一直这样躺在这儿。"

不过,没生命的砖头躺上一百年也办得到,而有生命的狗站上一百年可就办不到了——它累了,打起哆嗦来了。

"那可怎么办啊?罗姆恩·瓦西里奇。"

"那么我使劲吠叫呢?"罗姆卡回答说。

"好,你就使劲吠叫吧!"

罗姆卡使劲狂叫了一声——汪!随即往后退了一退。很可能是,它觉得这一退，砖头似乎被它惊醒了：砖头仿佛微微动起来了。罗姆卡站在那儿，远远定神细看，不，砖头并没有爬起来，它蹑手蹑脚地走过去，小心翼翼地朝下看了看：砖头还躺着。

"再使劲吠叫一次怎么样？"

它于是又叫了一声，往后退了退。

罗姆卡的妈妈凯特听得它的叫声，跑了过来，眼睛凝神细看它儿子叫的哪个地方，然后慢慢沿石阶一级一级走下去。当然，罗姆卡这时不叫了，它把这难办的事交给了妈妈，自己望着下面，胆子大多了。

凯特根据儿子足迹的气味，辨认出了那块可怕的砖头，嗅了一阵：砖头完全是没有生命的，没有危险的。后来，妈妈想，要是这砖头万一有危险呢，所以它用鼻子一点一点把砖头嗅了个遍，结果并没有嗅出什么可疑的气味，它就回头往上面看，用眼神告诉儿子："罗姆卡，我觉得什么事也不会有啊。"

从此以后，罗姆卡平静下来了，摇着尾巴。凯特就跑上来，罗姆卡追上妈妈，在妈妈的耳朵边上厮磨着，厮磨着。

可怕的遭遇

猎人都知道,要把一条猎狗训练得只专门去搜寻禽鸟,而不去追逐野兽、山猫和兔子,那可是多么的难啊。

有一天,我带上我的罗姆卡到森林里空地上去教它学打猎。一只虎斑山猫也到这片空地上来。罗姆卡在我的左边,虎斑山猫在我右边,一场可怕的恶斗眼看就要发生了。说时迟那时快,虎斑山猫已经回过身去开溜了,罗姆卡立即追着它的屁股扑上去。我甚至来不及打个口哨,也来不及喊一声"别"。

这片大空地四周没一棵大树,可以让虎斑山猫爬上去躲避罗姆卡的袭击,因为放眼望去四下里尽是矮树丛和茫无际涯的草地。我好像乌龟爬动那样,慢慢走着,在湿地上,在泥泞中,在水洼边和在小溪的沙滩上,我一路辨认着罗姆卡的脚印。我走过许多潮湿和干燥的草地,趟过两条小溪和两片沼泽,终于,两个正摆开阵势的对头,都一下被我看到了——罗姆卡圆睁着发红的双眼,一动不动地钉在草地上;而虎斑山猫就同它面对面站着,挨得非常近,背部高高躬起,就仿佛是乡村大娘做的窝窝头,尾巴徐徐地冲天竖起，又慢慢降垂下。一望而知，它们都各在想些什么。

在心里，虎斑山猫一定在说："不用说，你是敢于向我扑过来的，不过，狗啊，你看清楚了，我身上长着虎斑呢！狗崽，你敢上前一步，我立刻给你点老虎的颜色瞧瞧。"

至于罗姆卡要说的，我也一下能猜到，它一定是在说："我知道，你这个吃山老鼠的小东西，就算是你给我老虎的颜色瞧，我还是能把你撕成两半！不过让我再想想，怎么逮住你比较好。"

我心里也在想："如果我跑到它们身边，虎斑山猫一定会逃跑，而罗姆卡当然会追上去。那么我来试试把罗姆卡叫住……"

然而，我没时间多想了。我决定用温和的谈话方式让它们镇静下来。于是我好像在家中屋里玩儿似的，柔声叫着罗姆卡的尊称："罗姆恩·瓦西里奇！"

罗姆卡斜过眼睛来对我瞥了一眼。虎斑山猫喵呜喵呜的叫起来。

这时我抓紧机会更坚定地叫了一声："罗姆卡，别憨头憨脑的干蠢事！"

罗姆卡一下胆小起来，它斜过眼来对我更使劲地瞥了一眼。

虎斑山猫这时也叫得更厉害了。

当罗姆卡斜过眼来瞥我的时候，我抓紧时机连忙把手举过头顶，做了一个要在它和虎斑山猫头上劈去的动作。

罗姆卡看见了，向后退了退，而虎斑山猫则以为罗姆卡是怕它，所以，它心里暗自高兴，喵呜喵呜地唱起猫惯常唱的凯旋歌。

这可伤了罗姆卡的自尊小心了。它往后退了退，突然停下来，望望我，好像问："要不要给它一家伙？"

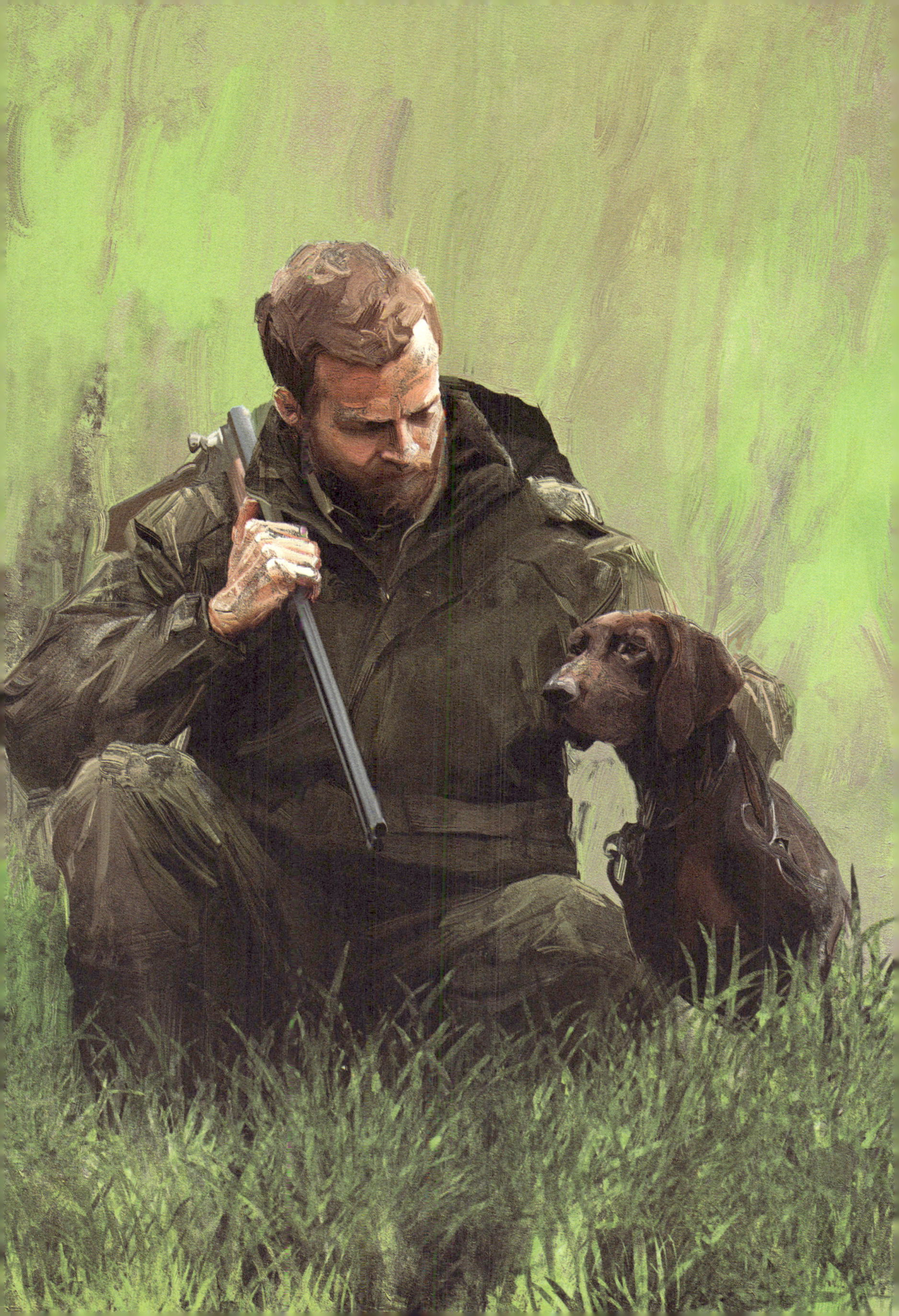

这时候,我又举手凌空向它一挥,很坚决地提高嗓门,喊了一声:"不可以!"

罗姆卡又向矮树丛那边后退了一步,绕了个圈子,回到我身边来。就这样,我征服了罗姆卡的野心。

虎斑山猫这时已逃得不见了踪影。

亚里克

森林里,一片采伐过林木的地面上,黑不溜秋的树桩周围,长满了高高的枞树也似的红花,映得整片采伐迹地都仿佛也红了。尽管这儿更多的是"依凡和玛丽娅"——一种半蓝半黄的蝴蝶花,却也间或长着些白色母菊,猪鼻花,白色风铃草。淡紫色的杜鹃杉,真是要什么花就有什么花,争丽斗艳!然而,似乎就是那红成一片的枞树,让这林中采伐迹地整个都红了。黑不溜秋的树桩四周还可以找到熟透了的草莓,吃起来甜极了。这里,夏天下点儿小雨不碍什么事,我坐在一棵枞树下面等雨过了。只是蚊子也都飞到这枞树下干燥的地方来躲雨,无论我怎么用烟斗的烟雾熏赶,蚊子还是把我的猎狗亚里克叮得受不了。我只好用枞树的球果生起火堆,冒起的团团浓烟总算很快把蚊子赶到了雨中。我们正忙不赢对付蚊子呢,雨已经停了。夏天的小雨就是这样,只给人舒爽。

我们还是在枞树下大约又坐了半个钟头,直等到鸟儿出来找东西吃,在露湿的地上留下新的足迹。估摸鸟儿都该出来了,我们就走到采伐迹地上。"找去吧,朋友!"说着,我放出我的亚里克。

写给孩子的动物文学

我常常带着羡慕的眼光望着我那亚里克的鼻子。我想:"要是我也有它这样的一副器官,我就可以在繁花盛开的红色采伐迹地上迎着馨香袭人的微风奔去,尽情地陶醉。"

"喂,去找去吧,朋友!"我再次对我的狗说。

它在红艳艳的采伐迹地上绕着走。

过不多一会儿,亚里克在林边收住了脚步,把一处地方结结实实地嗅闻了一遍,用非常认真的目光向我瞟了一眼,让我过去:我和我的亚里克是无需言语就可以达成默契的。它带着我走得很慢,它自己像狐狸似的蹑着脚。

我们来到茂密的矮树林跟前,那里头只有亚里克能钻得进去,但是我没有让它独个儿去钻密林,因为它单个行动就会被鸟吸引了去,冲向淋湿了羽毛的鸟,这样我苦心的教导就都白费了。我正要叫开它,免得它去追浑身淋得透湿的鸟,它却突然摇了一下像翅膀般蓬松的漂亮尾巴,望了望我,我懂它的意思,它是说:"鸟儿们在这里过夜,用林中空地上的红花充饥。"

"那又怎么呢?"我问。

亚里克闻了闻花:上头没有鸟的气息。显然,雨把一切气味都洗尽了,我们来时所循的那些踪迹,是因为这些踪迹留在了树木下面。

亚里克只好在采伐迹地上绕一圈,寻找雨后鸟儿经过这里的踪迹。可亚里克还绕不到半圈,就在一片矮树密林旁边停下来。它不断嗅到乌鸡留下的气味。亚里克的姿态非常奇怪,整个身子弓起来,弓得似一个圆圈,要是它想,它可以尽情欣赏自己漂亮得很是可观的尾巴。我赶忙跑过去,摸了摸它毛茸茸的背,轻声说:"要是你钻得进去,就钻吧!"

刺猬住进我家

亚里克伸直身子，试着向前走了一步。走倒是能走，不过得非常小心，非常轻。它把整个矮树林都绕了一圈，告诉我："乌鸡们下雨那会儿是躲在这儿的。"

它在湿漉漉的地上一步一步寻觅乌鸡留下的最新脚迹。原来灰蒙蒙的草地上，这会儿已经明显返绿了。它就顺着漉漉的鸟迹走，尾巴的长毛碰到了地面。

准是乌鸡们听到了我们的响动，也向前走了，这一点是我从亚里克的神态中看出来的，它接着用自己的语言对我说："乌鸡在我们前头走哩，很近很近。"

乌鸡们统统走进了一大丛刺柏中。亚里克这时做出最后一个蹲伏的姿势，僵住不动。在这以前，它偶或张开嘴，拖出粉红色的长舌喘气，而这会儿却紧闭双唇，只有一小截红舌还来不及缩进去，挂在嘴外，仿如一片红花的花瓣。一只蚊子落在粉红色的舌尖上，顶着，吸着血。我分明看出亚里克那深褐色的像是漆布做成的鼻尖痒得难受，又因为嗅到野味的气味而使那鼻尖不停一张一合地翕动，而要是此时它张开嘴喘上哪怕一口气，就会把鸟儿吓跑了。

我不像亚里克那样激动，只是轻手轻脚地走过去，用手轻巧地一弹，赶走了蚊子，从侧面欣赏起亚里克来，见它翅膀般的尾巴伸得笔直，同自己的背脊成一条线，稳稳如一座雕像，立在那里纹丝不动，一双眼睛里两个亮点，凝聚着它全部的生命力。

我悄悄地绕到刺柏丛的另一边，在亚里克的对面站住，这样可以不让鸟儿不着踪影地飞走，要它们往上飞。我们这样站了好久。矮树中的鸟儿当然也清楚，我们此刻是守在两头。我朝矮树林走一步，听见了母乌鸡的啼鸣声，它咕地叫了一声，它是用这叫声来告诉它的孩子们："我先飞出去探探情况，你们等着别动。"

接着，咔嚓一声响，一只乌鸡飞了出来。如果乌鸡是向我飞来，亚里克就不会动，如果乌鸡是朝亚里克的头上飞去，亚里克也不会忘记，主要猎物还在矮树林里，这时去追一只飞起的鸟，那是一条猎狗不可饶恕的过错。但是那只母鸡般大的大灰鸟突然在空中翻了个跟斗，几乎从亚里克的鼻子尖尖上飞过，贴近地面轻巧地滑翔，一边飞一边叫，逗猎狗去追它："来追我吧，我不会飞了！"

大灰鸟就像被打伤了似的，落在十步远的草地上，两只细脚卜笃卜笃地跑起来，微微拍动翅膀，扇得高处的红花轻轻摇颤。

亚里克的情绪怎么受得了这撩拨，它耐不住了，忘了我多年对它的教导，冲了过去……

母乌鸡的计策得逞了。这下好了，它终于把猎狗引开了矮树丛了。接着，它马上对藏身在矮树丛中的孩子们说："逃吧，飞吧，各飞各的方向。"它自己冷不丁向森林上空飞冲而去，一下不见了。

小乌鸡们向四面八方飞去，上了当的亚里克这时隐约听见传来一个声音："傻瓜！傻瓜！"

"回来！"我对自己被愚弄的朋友大喊一声。

亚里克这才回过神来。它知道自己上了母乌鸡的当，受了奚落，很不好意思地慢慢向我走来。

我带着点儿同情，却又跟平常不同的声调问它："你这干的叫什么呀？"

刺猬住进我家

它蹲伏下来。

"唉,过来吧,过来!"

它怪难为情地爬过来,把头搁在我的膝盖上,恳切地请求我原谅它。

"得了,"我说着,坐进了矮树丛里,"你爬到我后面好好蹲着,别哈哈喘大气,咱们现在来捉弄一下这帮小东西。"

过了约十分钟,我学小乌鸡的叫法,叫了两声:"咻,咻!"

这意思是:"妈妈,你在哪里?"

"咕,咕!"母乌鸡回答,这意思是:"我来了!"

顿时,四面八方都传来如我一样的叫声:"妈妈,你在哪里?"

"我来了!"母乌鸡回答自己的孩子们。

有一只小乌鸡在离我很近很近的地方叫着,我回答了它,它就跑起来,于是我看见,我膝盖近旁的草丛此时微微晃动起来。

我盯了亚里克一眼,使了个眼色,还用拳头唬了它一下,接着呼啦一下伸出手掌,向那微微晃动的地方按了下去,一把,抓出了一只鸽子大小的灰色小乌鸡。

"嘿,你闻闻。"我小声儿对亚里克说。

它把鼻子扭向一边:它是怕自己一下忍不住,一口把小乌鸡咬了。

柠 檬

一个农庄里，发生了这么一件事。

一个来自中国的熟人万利给我带来一件礼物。农庄经理特罗费姆·米哈依洛维奇一听说礼物，立刻就摆摆手。讨了个没趣的万利鞠了一躬，转身准备走了。但是特罗费姆·米哈依洛维奇又忽然觉得这样对待万利有些对不住朋友似的，随即又叫住了他，问道："你要送我什么礼物呀？"

"我本想送你……"万利回答说，"一只小狗的，是一只很小的小狗，世界上不会有比它更小的狗了。"

特罗费姆·米哈依洛维奇一听说是一只狗，就更加为难了。因为经理家已经有许多各种各样的动物：有卷毛狗涅尔里和猎狗特鲁巴奇，有毛色油亮、独来独往的黑猫米什卡，有已经被驯养得很听话的白颈鸦，有从小在家里养大的刺猬，有年轻漂亮的公羊包里斯。这些都是经理为自己的小儿子许拉养在家里的。妻子叶莲娜·瓦西莉叶芙娜也非常喜欢动物，并且用这些动物逗自己的小儿子开心。特罗费姆·米哈依洛维奇家里已经寄生了这多家口，自然一听到熟人还要送他狗，就不免作难起来了。

刺猬住进我家

"别出声!"他压低声音对中国人说,同时把一根手指竖在自己嘴边。

可是已经晚了:叶莲娜·瓦西莉叶芙娜已经听到他们说这世界上最小的小狗了。

"可以让我看看吗?"她走进办公室来问。

"狗在这儿呐。"中国朋友万利说。

"你把它带来吧。"

"它就在这儿!"中国人又说了一遍,"完全用不着我再去带来。"

中国朋友这下露出了亲切的微笑,把藏在短裤里的小狗拿了出来。这样小的小狗,我有生以来还是第一次见,就是整个莫斯科。我想见过这样小的小狗的人也一定很少很少。只要用柔软的呢帽把它一盖,我就能把它带走。

它通身红棕色,毛很短,几乎是通身秃裸的,不知道为什么它像精致的弹簧似的老打着哆嗦。它个儿虽小,而那对眼睛却很大,乌溜溜的直发光,好像蚂蚁眼睛那样鼓凸出来。

"好玩极了!"叶莲娜·瓦西莉叶芙娜惊叹说。

"那就收下它吧!"受到赞赏的中国朋友说。

说着,他把就把礼物递给了女主人。

叶莲娜·瓦西莉叶芙娜坐在椅子上,抱过那狗来。这狗尽颤抖,不知是因为冷,也不知是不是因为怕。女主人亲切地抱起它搁在自己的膝盖上,它就不但不抖,还马上向女主人献殷勤,千媚百态讨取新主人的欢心!

特罗费姆·米哈依洛维奇伸过手去抚摸了一下新来的客人,小狗冷不丁把他的食指给咬了一口。不过,最糟糕的是,它就在屋子里尖声大叫起来,仿佛是有人抓住一只逃跑的小猪的尾巴,并且死死揪住不放。

这只秃毛小狗由于冷和敌意,它一直颤抖着,尖叫个不停,还哽咽,还打噎,似乎不是它咬了经理,而是经理咬了它。

特罗费姆·米哈依洛维奇心里很不高兴,他用手绢把指头上的血揩掉,仔细端详着这只妻子要来的看门狗:"俗话说,毛少的狗会叫唤!"

涅尔里、特鲁巴奇、包利斯和公猫听到尖声狂吠,就都跑过来看。米什卡跳到窗台上。它把在敞开的窗口打盹的白颈鸦也惊醒了。

新来的小狗把它们都当作自亲爱的女主人的敌人,扑过去就要跟它们打架。不知为什么,它偏偏选中了公羊包利斯作为自己第一个袭击的对象,它狠狠地在包里斯脚上咬了一口。公羊莫名其妙遭了这么一口,赶快窜到沙发下面去。涅尔里和特鲁巴奇连忙离开这个小怪物,从办公室逃到餐厅里去了。女主人忠实小战士赶走了这些大敌人,就向公猫米什卡扑过去,不料米什卡不逃跑,它躬起背,唱起那谁都知道的凶巴巴的战歌。

特罗费姆·米哈依洛维奇吮掉被咬伤的食指上的血,说:"针尖碰上麦芒了!"

"毛少的狗会叫唤,一点不错啊!"他说着,用脚去怂恿米什卡,说:"米什卡,轰它出去!"

米什卡呼噜噜叫得更响了,它正要扑过去轰它的时候,它很快发现小狗对它的叫声连眼睛都不眨一眨,于是它自己先跳到窗台上,接着从小窗跳了出去。白颈鸦也跟着飞走了。小狗干了这么件了不起的大事,它胜利了,于是它像什么事也没发生似的,跳回到女主人的膝盖上。

"小狗叫什么名字?"叶莲娜·瓦西莉叶芙娜眼看着狗的表现,表示

刺猬住进我家

十分满意，就问中国人。

万利回答说："柠檬。"

柠檬，这在中国话里有什么含意？却谁也没追问。大家都这么想：这狗很小，颜色又是黄红黄红的，用"柠檬"这个名字来叫它，再恰当不过了。

从这天起，动不动就咬人的小狗就开始在这群温善、友好的动物中间作威作福了。那时候，我正巧在经理家里客居，每天我都要或是为吃饭或是为喝茶，到餐厅里去四次。柠檬非常恨我，只要我进餐厅，它就马上从女主人的膝盖上跳下来，跑到我的靴子旁边。而要是我的靴子稍微碰一碰它，它就飞快跑回到女主人的膝盖上，用可怕的尖叫声激发女主人来反对我。只有在用餐时，它才会有片刻的安宁，但有时用完餐，我记性不好，会要走到女主人面前去说句感谢的话，它又尖声大叫起来。

我的房间和经理的房间只隔一层薄薄的板壁，小霸王叫个不停的声音，让我几乎不能看书更不能写作。有一天，夜深时分，我被经理房间里的尖叫声吵醒了，我心里想，会不会是有什么盗贼进了经理的屋子哩？这么想着，我就不由自主地拿起枪，跑到经理住的屋子里去。

这时我看见，居住在这里的邻里们也都赶过来相救了。他们都站在那里，有的拿长枪，有的拿连发手枪，有的拿板斧，有的拿大叉，可是围在他们中央的却是两个畜生，原来是柠檬和刺猬在打架。

像这样让人哭笑不得的事，几乎每天都在发生。日子可不好过了。我就同特罗费姆经理商量，得想出个法子来避免这类事情的继续发生。

有一天，叶连娜·瓦西莉叶芙娜要到什么地方去，她不得不第一次把柠檬留在家里。我想，这下机会来了，我忽然想到一个解救的办法：我拿一顶呢帽直走进餐厅。我是想把这可恶的小东西好好吓唬一下。

"喂,老弟,"我对柠檬说,"这会儿,女主人不在了,你的歌声该停停了。最好你自己投降吧。"

我让它咬我那双笨重的皮靴,在它提防不及的时候,我拿我的呢帽把它扣住,然后严严合上帽边,再把帽子翻过来,我看小狗蜷缩着,一声不响地躺在我的呢帽底里,一双大眼直望着我,一副忧伤的样子。

我甚至有点怜悯起它来了,而且有些不好意思了,心里想:要是这动不动就咬人的小家伙因为受了惊吓和侮辱,心肌猝然梗死,那可怎么办呢?那样到时候,我可不好向女主人叶莲娜·瓦西莉叶芙娜交代啊。

"柠檬,"我很温和地安慰它说,"你别生气,咱们来做朋友吧。"

边说,我边在它头上抚摸了一下,接着又抚摸了一下。它并不反对我对它示好,可也不表示出高兴的样子。我更加不安起来,就小心地把它放到地板上。它几乎是摇摇晃晃地走到它的卧房里去,一声不响。甚至两只大狗和公羊也都警惕起来,用惊奇的眼光目送它离开。

这一天,用午餐、喝茶、用晚餐的时候,柠檬都一声不吭。叶莲娜·瓦西莉叶芙娜心里不由得犯起嘀咕来,这小家伙也许是病了。

第二天,用过午餐,我走近女主人身边,第一次高高兴兴地跟她握手道谢。柠檬一声不响,嘴里像是含了一泡水。

"我不在的时候,您跟它怎么啦?"叶莲娜·瓦西莉叶芙娜问我。

"没什么呀。也许它已经习惯了——是应该习惯了啊!"我平静地回答说。

我不敢告诉她,柠檬曾到过我的呢帽里。但是我跟特罗费姆经理愉快

刺猬住进我家

地低声谈论，告诉他我和柠檬之间发生了什么，他对于我把柠檬放进呢帽里杀过它的威风这回事毫不在意。

"看起来很凶的家伙都这样，它会对你缠着尖声大叫，无休止地对你骂骂咧咧，对你装出不可一世的样子，而你只要把它捺进你的呢帽，它就会吓得丧魂落魄。这就真个是合着'毛少的狗会叫唤'的理儿了。"

亲 家

一个朋友送我一条半大小狗,西班牙种的,有两只大猫那么大吧,耳朵很宽很大,垂挂到地面——走起路来,前脚会踩到自己的耳朵。

送我狗的朋友给它取了个俄罗斯名儿,叫"乌汗",而它本来的英文名儿是杰米,我不喜欢这外国叫法,杰米,杰米,叫起来不响亮,好端端一条训练有素的小狗子,叫个什么杰米,听起来像是叫一只猫咪,或一只不起眼的兔子。

乌汗淘气、调皮,老爱骑到鸭子背上寻开心。这鸭子本来腿残,走起路来一瘸一瘸的,有一天,乌汗又骑到鸭背上去了。我们就大声呵斥:"哎,乌汗,你下来!别淘气!"

从此,我们把我们的西班牙种狗叫作"淘气"。

过了些日子,淘气又不听呵斥,整个儿身子又压到了我们那只瘸腿鸭子的背上,而这瘸鸭不压它本来就走路一歪一拐的了。

"淘气,快下来!淘气,别淘气!"我们大声呵阻它。

可它把我们的呵责当耳边风,依旧把自己的身子压在瘸鸭背上。

刺猬住进我家

就在这时，树篱外有个过路的乡亲喊了一声："亲家！"

嗨，怪了，一听有人叫"亲家"，它不知怎么的就乖乖地从鸭背上跳下来了。

"亲家，这个叫法好！"我说。"叫起来又响亮又亲昵。咱们就试试把'淘气'叫'亲家'吧。"

这时，村子来大街上赶集的人越来越多。

我正要告诉乡亲们我们给自己的西班牙爱犬正式取名叫"亲家"时，树篱外的过路人响亮地说开了。

"它是我的小亲亲，不是亲家，也不是哥们儿。"一个说。

另一个很有同感地说："是啊，不叫亲家，也不叫哥们儿。"

我一听，觉得这简直就是一支有腔有调的歌儿：

　　不是姑爷，不是丈人，

　　不是堂亲，也不是表亲……

这以后，好几天没听人议论我们的狗名。可忽然，又从远处穿来一阵说话声："亲家，亲家，谁跟谁是亲家呀，八竿子打不着哩……"

第二天，淘气又出事了：它追着我们家的猫，直从门下缝隙间追出去，追到屋外。我赶快从围篱门跑出去，放开嗓门大叫："亲家！"

这时，我的邻里们和鸽子玩友们都觉得不可思议，奇怪地看着我：我这是叫谁亲家呀？

就在这大家惊奇地看着我的当儿，猫绕了个大圈，本想上树的，却来不及了,就又拐回来,狗飞跑着,紧追不舍,差点儿逮住了猫尾巴。这下,大家才从我脸上表情,才从邻里开心微笑的脸上表情,从站着观望的所有人脸上表情中闹明白:谁是我所叫的亲家。于是友人一下哗然爆笑起来,笑声简直十里外都能听见!老的,小的,所有的人都七嘴八舌对着奔跑的猫和狗叫,有的叫"亲家",有的叫"哥们",有的叫"丈人",有的叫"姑爷",有的叫"老表",有的叫"舅子",有的叫"连襟"。

猫毕竟个儿小,从门下的缝隙间吱溜钻进了屋,感觉到亲家的嘴快要咬到自己的尾巴,就纵身一跃,跳上了汽车,亲家自然也不示弱,也一跃身,跳上了汽车。猫在驾驶室员窗口那里缩着身子,它大睁着一双老谋深算的眼睛,冷峻地盯视着亲家,它微微往后抬起前右爪,就像是士兵往肩后举起手榴弹,好使上劲儿扔得更远。就在亲家的嘴尖伸到猫跟前时,仿佛手榴弹嗤嗤响着在眼皮底下炸响时,我感到猫要吃亲家的露头了,就说:"我可不是你的什么亲家,也不是你的什么哥们。"

就在猫弹出爪子,对亲家进行还击时,我抓紧时机把照相机对准了这个精彩的场面,咔嚓,照了下来,最后我为它们编了一段顺口溜:

不是姑爷,不是哥们,
不是亲家,不是丈人,
也算不上是舅子,
也算不上是连襟,
我们是八竿子打不着的亲!

倒 影

我和我的猎狗拉达沿一个森林湖的岸边走着。湖水今天是这样幽静，湖似躺在林间的一面平镜，于是，天上飞过的一只鹬鸟，和它投落在湖水里的倒影，都一模一样了，仿佛两只鹬鸟迎着我们飞来。今年开春以来，我的猎犬拉达还是第一次出来溜达哩，所以它很想追猎到几只禽鸟，为自己立上今年的头一功。当拉达看到两只鹬鸟向躲在矮树丛中的它扑飞过来时，它一下就瞄准好，要立即飞冲过去。

拉达正辨别着，哪只是真的在水面飞的，哪只是在水中的倒影——它们实在太相似了呀，就像两滴水那样难分难辨。这可就难为了拉达了。结果，拉达选择做自己追逐对象的是倒影，它准是这样想的：我这就逮住活的，这么想着，就从高高的河岸上一跃身，跳了下去，即刻，咚一声响，河面溅开一丛雪白的浪花。

这时，真的鹬鸟却飞远了。

兔子在白天过夜

早上，小季娜和我两个一起跟着兔子的脚印走。昨天，我的狗把这只兔子从老远的一片林子直赶到我们住的地方来了。这只兔子是回到它原来在的林子里去了呢，还是在挨近人住的一个什么小凹坑里待下了？

我们在田野绕了一圈，终于找到了兔子回去的踪迹，这脚印还是刚踩下的。

"从这脚印看来，它是回到原来的林子里去了。"我说。

"那么，兔子在什么地方过夜呢？"小季娜问。

小季娜这一问，我愣住了，过一会儿我回过神来。我回答说："我们是晚上睡觉的，而兔子却是在夜间活动的：它晚上到这儿来，白天到林子里去过夜。现在，它一准是在它的林子里休息了。我们晚上睡觉，而兔子是白天过夜。因为对它们来说，白天无论什么地方都要比夜里可怕得多。白天随便什么野兽都会来欺负它们的。"

米夏，米夏

早些年，在西伯利亚，在靠近贝加尔湖的一个地方，我曾听人讲过一个关于狗熊的故事。说实在的，我倒并不信这会是真事情，不过，这个讲故事的人说得非常肯定，还说这故事甚至还在西伯利亚的一份杂志上刊登过，这就由不得我不信了。

有一个守林的老头儿，住在贝加尔湖边上，平时，他捕捕鱼，打打松鼠什么的。有一次，他往窗外眺望，冷不丁看到一头大狗熊向他的小木屋没命地奔逃过来，一群狼在它屁股后头紧追不放。

狗熊眼看着就完了……

但是这头大狗熊的头脑可灵活哩，它闯进了小木屋的外间，它一进来，门就随着咚一声自动关上了。它这还不放心，还拼命地用后腿和身体紧紧抵住柴门。

老头儿明白了眼前发生的是怎么一回事，就从墙上取下他的猎枪，说："米夏，米夏，顶住广！"

狼群追过来，扑到门上，老头儿就从小窗口对着狼群瞄准，边瞄准边说：

"米夏，米夏，牢牢顶住门！"

他就这样打死了扑过来的第一只狼、第二只狼、第三只狼，他一面放着枪，一面对熊说："米夏，米夏，牢牢顶住门！"

第三只狼一倒下，狼群就哗啦啦四散奔逃了。

熊就留在小木屋里，整个冬天都在老猎人保护下度过。开春，森林里的熊都从自己的洞穴里出来了，老猎人这才给这头在他家住了一冬的熊往脖颈上拴个白圈，并跟所有的猎人都打了招呼，让他们别打这头脖子拴着白圈的熊，因为，这头熊是他的朋友。

注：米夏，俄罗斯人通常俗称熊为"米夏"。

松鼠的记忆

今天，我在雪地上读野兽和鸟类的踪迹。按照这些踪迹，我读出了，有一只松鼠在这雪地上钻进了一片苔藓里，从里头取出两颗去年藏在这儿的榛子，当即吃了，接着再跑十来米路，又钻下去，在雪地留下两三个榛子壳，接着再跑几米路，第三次钻下去。

这可奇了！破解这谜，千万别以为它隔着一层冰雪，能嗅到榛子的香味。应当这样认为，从去年秋天起，它就记得离枞树数厘米远的苔藓中藏得有两颗榛子……而且，它记得那么准确，用不着仔细用心去估摸，仅仅用它的眼力就能肯定它藏榛子的那个地方，钻了进去，马上取出来。

蚂 蚁

我打了几只狐狸,打累了,很想找个地方休息一下。可是森林处处都是雪,找不到一个可以落座的地方。我东张西望,无意中把目光落在一棵树上,发现那树根四周隆起一个很大很大的蚂蚁窝。

我爬到蚂蚁窝上面,扒开雪,从上头掏呀掏呀,把蚂蚁用松针啦、树枝啦、树渣木屑啦等东西堆筑而成的怪东西挖开了一块。我就在这蚂蚁窝温暖的小凹坑上坐下来。当然了,蚂蚁还不知道我就坐在它们的门口,它们这会儿在很深的洞底里睡得正香哩。

在我现在休息的这个蚂蚁窝高一点的地方,有人把树皮切割了一圈,好大的一圈啊,在露出白生生的木质的地方,结着厚厚的一层树脂。这圈树皮一剥,树液的流动就没有通道了,就断绝了路径了,这样一来,这棵树难免要枯死了。最常见的是,啄木鸟在这儿那儿把树皮一圈一圈地啄掉,但它不会啄得这么光溜溜一丝不剩的。

我在扒开的蚂蚁窝上舒舒坦坦地坐了一阵,就走了。第二年,当天气已经转得相当暖和的时候,我又在一个偶然的机会回到这个蚂蚁窝旁边,

刺猬住进我家

这时蚂蚁全都醒了，都爬到窝上来了。

我看见，亮晶晶的树脂覆盖着的一圈树干伤口上布满了黑色的斑点，于是我掏出望远镜来托它们看个仔细。原来，这些黑色斑点全是蚂蚁：我不明白，它们究竟为了什么非通过这圈布满树脂的树干不可？

要弄清蚂蚁的事情，就得长时间耐心地观察。蚂蚁在自己窝边的树干上爬上爬下，这我在枞林里观察过多次了。不过我倒还从来没注意到这么一点：一只蚂蚁在树上急急忙忙地爬呀爬呀。它们为了什么，往哪儿去，是有重要的事情呢，还是只不过玩玩而已，这些值得耐心去弄清楚吗？然而这会儿我看得出来，不仅仅是一部分蚂蚁，而是所有的蚂蚁都必须打开一条往上去的通道，它们兴许是要到树的顶端去，这圈覆满木质的树脂成了它们往上前进的障碍，于是全窝蚂蚁行动起来，全力以赴排除这个障碍。

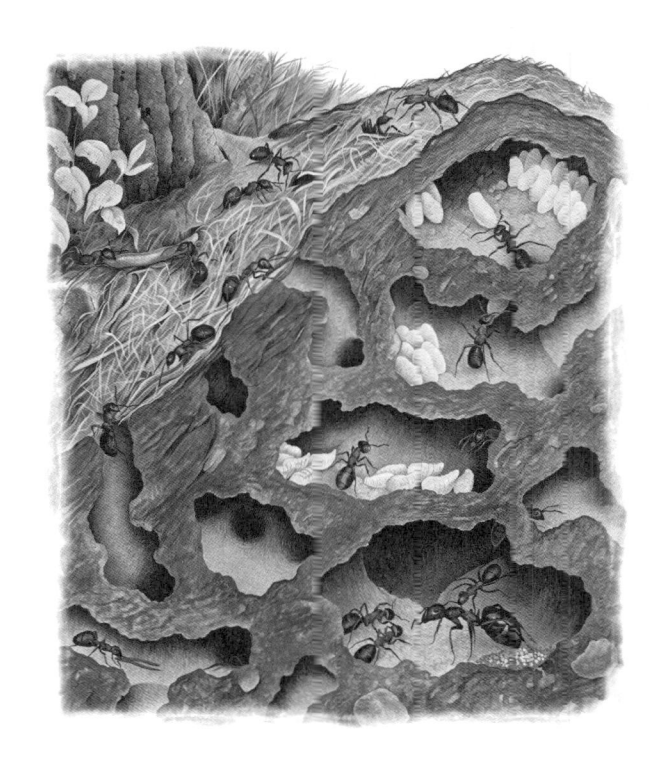

今天蚂蚁窝里宣布了总动员。全窝蚂蚁都往上爬，蚂蚁国里的所有国民都蠕动在一圈树脂的下方，它们聚成黑乎乎的一

圈，艰难地爬行着。

　　侦察蚁走在最前头。它们千方百计想要冲过这树脂层爬上去，它们一只跟着一只地冲锋，一只跟着一只陷进了树脂黏液里，牺牲了。后面的侦察蚁马上爬上自己伙伴的尸体，一点一点向前推进。轮到谁做后面侦察蚁的桥梁时，谁都一样地毫不迟疑、奋不顾身。

　　它们排成宽阔的横队向前推进。我眼看白的一圈暗淡下去，盖上黑乎乎的一层：这是先头蚁队不惜牺牲，无所畏惧地扑上了树脂，用自己的身体为后头的蚁群铺起的通道。

　　就这样，短短半小时光景，蚂蚁把粘满树脂的一圈都盖黑了，它们沿着这条三合土一般的通道跑上去，利落地前去完成自己的事业。一队队蚂蚁往上跑，一队队往下跑，处处都是跑动的蚁群。它们顺着这座蚁体铺成的桥梁，就像行动在树皮上一样，把事儿干得如火如荼。

树桩蚂蚁窝

跟小季娜一起在林中散步，我们发现有些老树桩，像瑞士干酪似的，浑身是小窟窿，却还牢牢地保持着原来的形状。我的小季娜坐上去，想在那上面歇一歇。但是，她一坐上那树桩，树桩就仿佛枕头似的，一下陷下去。

"赶快站起来！"我叫道。

当小季娜站起身来时，我们看见，从每个小窟窿里爬出成群成群的蚂蚁来。原来，这表面上看起来挺结实的树桩，其实只是样子还像是树桩，而里头是个完整的蚂蚁窝。

密林太好了

晴天走在密林里，谁都会觉得很美好。那里很凉爽，稀疏的阳光从高处洒落下来——鸫鸟们和樫鸟们从这里掠过时，它们要有多快乐就有多快乐。丛林那里再普通不过的山楂树叶子，绿油油的，每一片都反射着亮光，就像天方夜谭里所形容的那样神奇。

沿着丛林向河岸的洼地走，矮树因为水分充足而分外浓密，而且越走越浓密，于是空气也就越发阴凉了。最后，到了林中最幽暗的地方，在蛇麻草缠绕的赤杨丛中，凹塘的水深了，既看不到水面有斑斓的阳光，也看不到河岸上有湿润的沙滩。在这样美好的地方，你走路的步子要迈得轻轻地，要知道，雉鸠正在凹塘里喝水呢。你慢慢地走，边走边欣赏雉鸠们留下的串串脚印，旁边就是各种林中野兽的脚印：这不，一只狐狸从你眼前溜过去了……

森林当然都是阴暗的，因为太阳照向森林的时候，是像人从小窗往屋里张望那样，你不可能看清屋里所有的东西。在这样的地方，你看不清獾子洞，也看不清獾子洞附近有小獾子在那里游走，当然也看不清被它们踩

刺猬住进我家

得很结实的沙地。这得怨狐狸——明摆着的,是狐狸用恶臭和肮脏赶开了猪獾,好让自己能迁到这里来住。

但是狐狸总也不能把獾子迁开,因为獾子觉得这个地方实在太好了:你看看,这里有沙丘,沙丘四周有浅浅的河湾,树林这样茂密,太阳想透过密林小窗往里张望的时候,就什么都没有看见。

森林居民的楼层

森林里，鸟和兽各住各的楼层。林鼠住在树木的根部——它们住在最低层；各种鸟类呢，譬如野莺，将自己袖珍的窝巢紧紧挨着地面；鸫鸟则在稍微上面些，在矮矮小小的灌木上；那些穴居的鸟类，像啄木鸟啊，山雀啊，猫头鹰啊，住得更高；树干的顶端，树冠的最上面，高高低低住着各种各样的猛禽：个儿庞硕的鹞和鹰等。

有一次，我在森林里专意留神观察，看见许多小兽和鸟，它们不像我们人似的爱住高楼大厦。我们人，住过来住过去，反正都在高高的楼层上；而它们，各种类别的兽和各种类别的鸟，再搬再迁，楼层都有一定之规，不会高上去，也不会低下来。

有一回，我们来到一片枯倒了白桦树的林中空地上。白桦树长啊长啊，长到一定的高度就枯死了，这样的桦树我见多了。别的树枯死了，树枝就向地面萎垂，那些落光树叶的木头很快就朽了，不多久就倒地，就糟烂了；而白桦的树干却不是这样，枯了，也不倒下，这糊满树脂的白色树干，那些桦木干，看上去依旧好端端的，不腐，不烂，明明死了的树，却像活着

的树一样直直挺立着。就是已经朽了，桦木木质已经变成渣渣了，整根树干里都已经多半是水分，十分沉重了，这时候的白桦树也依旧如它活着时那样笔挺笔挺的，昂首矗立着。然而，这样的树如果稍稍使上点儿劲推它一把，那么，它就会在瞬间碎裂成许多沉重的木块，轰然倒塌了。去推倒这样的树，是一种十分有趣的活儿，不过也挺危险的。要是躲闪不及，饱含水分的沉重木块就会砸到你脑袋上。好在，像我们这样经常出入森林的人倒是不会怕这种危险的——要推倒这样的树，我们就只会从树的一边上去，然后一齐用力推，把树一下推倒。

我们来到的，就是立着这样朽木的白桦林中，要把高插云霄的白桦树一棵棵推倒，白桦树倒下后向四面迸裂的木块中，有一块木头是山雀的窝。个头儿小小的鸟在桦树倒下时也没受伤。只不过一窝小鸟哗啦一下从它们的树洞里震颠了出来。毫毛未及生长的小鸟，光裸裸的，身上只覆着些柔细柔细的胎毛。它们张开红红的大嘴，把我们当做它们的爹娘，唧唧、唧唧地叫着，要我们喂小虫子给它们吃。我们赶忙从地里挖些小虫子，给它们喂进嘴里；它们吃着，吞噬着，完了又唧唧大叫开了。

才不一会儿，小家伙们的父母就回来了，是山雀，它们的小脸一律胖嘟嘟的，嘴里全叼着一条小虫子，在窝边蹲下来。

"亲爱的，你们没事吧？"我们向它们问候，"让你们受惊了，我们万万想不到会有你们的窝在树上。"

山雀没有回应我们问候。它们一定是不明白这究竟是怎么回事儿，好好站着的树怎么说没就没了呢？孩子们这会儿都在哪儿？

它们倒是不怎么怕我们。它们焦急地从这根树枝飞到那根树枝，一副忧心如焚的样子。

"你们的孩子在这儿呐！"我们给山雀们指了指地上的雀窝，"它们都在这儿，你们没听见你们的孩子在唧唧、唧唧不住声地呼唤你们吗？"

山雀父母什么也没有听见，它们只顾心慌意乱地忙着寻找它们的孩子，不愿意飞下来，不想离开它们住惯了的楼层。

"难说，"我们一个对一个说，"它们是怕咱们吧？咱们躲起来试试！"这样说着，我们就藏了起来。

不对！小鸟唧唧叫唤，大鸟也唧唧叫唤。父母飞来飞去，可就是不飞下来。

我们猜想，鸟儿们不像我们人这样爱待在高楼大厦里，它们不能够适应习惯以外的楼层，它们就只觉得住着它们孩子的楼层消失了。

"喂——喂——喂，"我的伙伴对鸟父母们说，"你们也真是傻到家了！"

这山雀，样子挺漂亮的，又长着一对灵敏的翅膀，只可惜不会变通，而死死板板地在高空中寻找它们的楼层。

于是，我们只好把那一大截筑有鸟窝的桦树木头按到邻近一棵树干上头，使这个鸟窝的楼层位置刚好相当于倒掉那棵树上的高度。我们耐着性子在旁边一个隐蔽处等待，果然不出我们所料，几分钟后，鸟父母又能在自己的楼层里欣喜地亲热自己的孩子了。

读气味，读声音，读脚印

扯开一长串小彩旗，对狐狸展开围猎是逮狐狸的好办法。围住一只狐狸，弄清楚狐狸窝隐蔽在哪里，在地面上拉好一圈绳子，然后在绳子上方的矮树林梢头上扯两道血红血红的三角旗串。狐狸怕彩旗的颜色，也怕彩旗的气味；被吓得胆战心惊的狐狸拼命寻找这断命圈的出口。出口给狐狸留着哩，可在这出口旁边，在稠密的枞树下，正埋伏着逮它的猎手。

这样的围猎没一次会落空的，比纵狗追猎收获一定丰饶得多。这年冬天大雪铺天盖地，积得很厚，狗一踩进绒绒的积雪里，竟没到了耳朵，当然，在这深的积雪上纵狗追猎是不成了。有一天，正没主意哩，狗也正没招儿，我对猎友米哈雷奇说："放狗去，扯旗串，用旗串围猎，这办法任何一只狐狸都逃不过的。"

"真有这么灵吗？"米哈依尔·米哈雷奇问。

"就有这么灵。才落下的雪总是疏疏松松的，一踩一个深窝，我们把红三角旗扯起一个圈，这狐狸就落进咱们的手中。"

"早年，有一回。"我的猎友说。"狐狸困在旗圈里，三天三夜不敢动弹——别说狐狸了，狼都吓得蹲着旗圈里，看了两天两夜，傻傻地不敢动一动！可如今呀，野兽都变聪明了，从旗串下方吱溜一钻，就遛得没影儿了。"

"我知道，如今的畜生都不比早年了，"我说，"畜生都能干了，确有几回，狐狸已经落进旗圈了，却滑头滑脑的，从旗串下溜了，不过这样的次数到底不多；逃掉的多半是年轻的狐狸，它们简直不把旗串放在眼里。"

"不是不把旗串放在眼里！它们根本不用看。它们有信息。"

"这信息是怎么回事？"

"通常就是传递情报。譬如说，你支上捕兽夹子，那老奸巨猾的，那头脑灵活的，一见前面有个铁疙瘩，知道是要命的家伙，就避开了。相随而来的其他野兽远远一瞥见，也就跟着绕开了。那么，你说，这相随而来的野兽怎么会知道的呢？"

"是啊，你是怎么想的？"

"我想，"米哈依尔·米哈雷奇说，"野兽能读懂。"

"读懂？"

"是啊，它们用鼻子读。这你观察狗就知道了。你一定见过的，狗无论到哪里，碰上木头桩子，碰上叶簇，碰上矮树林，它都会留个记号，别的狗走到那里，也就知道这记号是什么意思。狐狸、狼就更是时时都在辨别、在读。我们人是用眼睛读，它们是用鼻子读。有的兽和鸟是读声音。

不用说，我也像所有猎人那样，常常需要利用喜鹊的叫声，可是米哈依尔·米哈雷奇说的却完全是另一回事。有一次，他放出去的两只狗都一

刺猬住进我家

下把自己追踪的兔子给弄丢了。兔子像是眨眼间钻进了地底下。这时，另一边有一只喜鹊喳喳个不停。我的猎友躬下身潜近喜鹊，悄悄地，不让喜鹊发觉。猎友往头上的树冠瞥了一眼，看喜鹊究竟喳喳个啥，这时他看见：一只白兔躺在绿草地上，一对黑豆似的小眼珠，乌亮乌亮的，滴溜溜直转个不停……

喜鹊出卖了白兔，却同时也向白兔和所有的野兽出卖了人——那发现了兔子准备开枪的人。

"我跟你说，"米哈依尔·米哈雷奇说，"有一种泽地鹬鸟，通身黄黄的，个儿大得惊人。你进泽地去打野鸭，正猫腰潜行呢。完全出人意料，忽然在你面前的苇秸上蹲着一只通身蜡黄的大鸟，它在苇秸上摇晃着身子，时不时尖叫几声。你继续向前。它就飞到另一丛苇秸上去蹲着，一声接一声地叫个不停。这是它通报所有泽地上的居民有人来了。这时，你瞧吧，野鸭猜到有猎人悄悄向它们接近，于是就嘟一下远走高飞了，鹤们扇动翅膀，田鹬转眼间蹿得没影了。这都是因为鹬鸟的尖叫声。鸟们就这样用各种声音发出别的鸟可以读懂的警报，而野兽则更善于读脚印。"

我爷爷的毡靴

爷爷米海依的毡靴穿了十来年了。其实，也只是我记得爷爷穿它有十来年了。而事实上，我出世前爷爷就穿它许多年了。我似乎觉得：世界上样样东西都有个完，唯独我爷爷的毡靴不会有完的时候。后来，我爷爷穿着毡靴下河抓鱼，毡靴裂开了大口子。

世界上的东西终归都要完，包括我爷爷的毡靴。

人们开始指着我爷爷的毡靴说："大爷，让你的毡靴一边去歇着，给乌鸦做窝去吧。"

还不到时候哪！爷爷米海依为了不让雪灌进裂缝，就把毡靴浸到水里泡上一阵，然后让它在寒夜里冻成冰。不用说，毡靴裂缝里的水一结上冰，裂缝自然也就封上了。接着，爷爷再把毡靴在水里浸浸，于是靴子外面包上了一层冰。爷爷的毡靴重新变得又暖和又结实了。我还穿着爷爷的毡靴走过还没封冻的沼泽地，倒不错哩……

于是，我又想起我原先的那个想法：我爷爷这双毡靴怕是永远也不会有完的一天了。

刺猬住进我家

然而有一天，我爷爷病了。他出去解手的时候，在穿堂里穿上毡靴，回来时忘了把靴子脱在寒冷的穿堂里，而是穿着这双冰疙瘩毡靴爬上了暖炕。

当然，糟糕事倒还不是从冰毡靴上化下的水由炕上流进了装牛奶的木桶里——那没什么大不了的！糟糕的是这双不朽的毡靴这一回可是没救了。想来是一点也不奇怪的。要是把水灌进玻璃瓶里，放在寒冷的地方结成冰，冰一胀，就会把瓶子给撑破的。同样的道理，这双毡靴里的所有毡毛的缝隙填上了冰，冰一化，毡靴自然就垮塌下来，变成了废物……

我那倔脾气的爷爷病一好，就又去试着让毡靴包上一个冰壳壳，倒还又穿了一阵。可春天很快到了，放在穿堂里的毡靴融了冰，一下子全松散了。

"好啦，好啦，"爷爷生气地说，"是该让它到乌鸦窝里去歇歇了。"

爷爷站在高高地堤岸上，气冲冲地把毡靴咚的一下扔进了牛蒡草丛里，那会儿我正在旁边逮金丝雀和各种小鸟儿呢。

"为什么只给乌鸦做窝呢？"我说，"春天，各种鸟儿都需要做窝的东西，毡毛、绒毛、草茎，它们都会拖进巢里去的。"

我问爷爷这话时，爷爷正提起第二只靴子，准备挥臂扔下堤岸。

"哪种鸟儿都需要绒毛做窝。"爷爷同意我的话，说，"不只是鸟，各种小动物，老鼠呀，松鼠呀，都需要这东西，有用的东西谁不要呢。"

这时，爷爷忽然想起一位猎人早就同爷爷提起过的话：

"这双毡靴可以送他做猎枪填药塞。"爷爷自语道。

于是这第二只靴子爷爷就没扔掉，让我把它拿去送给那猎人。

鸟儿的季节很快到了。各种各样的鸟儿都飞到河边的牛蒡草丛里，它们啄着小草的嫩尖时，都留意到这只破靴子。既然鸟儿都发现了它，等到要营巢孵育孩子的时候，它们从早到晚一刻不停地把爷爷的毡靴啄撕成一绺绺、一片片的，一星期光景，鸟儿们就把这些绺绺片片都叼进自己的窝里去，铺设起来，在里头下了蛋，然后蹲在蛋上，孵了起来，这时，雄鸟们在一旁啁啾啾啁啾啾没完没了地唱。在温暖的毡毛上，小鸟被孵出来了，长大了。当天气转冷，它们就成群结队飞往温和的南方去了。春天它们再回来，有许多鸟儿还找到自己原来住过的树洞，在自己的老窝里，它们又找到了爷爷毡靴的毡毛。无论是筑在地面上还是筑在矮树丛里的鸟窝，都不会消灭到没有的。如果它从矮树丛落到地上，地面活动的老鼠就会找到这些残剩的毡毛，把它们给拖进地下洞窝里去。

  我现在经常在林子里走动，每当看见用毡毛铺垫的鸟窝，我就不由得像我小时候那样地想："世上的一切东西都有完的时候，一切东西都会消亡，唯独我爷爷的毡靴是永生不朽的。"

狐狸面包

有一次，我在树林里走了整整一天。临傍晚时分，我从树林里回家时已经有了丰盛的收获。回到家，我从肩上卸下沉甸甸的背包，把林子里得来的宝贝统统倒在了桌子上。

"这是什么鸟啊？"小齐娜问。

"这是山鸡。"我回答说。

接着，我就给她讲起山鸡在林子是怎么生活的，怎么在春天里咕咕叫唤的；怎么用它的小嘴琢白桦树的嫩芽吃；怎么在秋天采集那些泽地野果；怎么在冬天躲进积雪里去取暖。我还对她讲了松鸡的生活，告诉她，松鸡的颜色是灰不溜秋的，头上有冠毛。说着，我还把模仿松鸡叫的小木笛吹了吹，然后递给她吹。我又把我采回来的蘑菇倒在桌子上，蘑菇有白的、有红的、有黑的，很多很多。我衣袋里还有血红的草莓、浅蓝色覆盆子和红酸浆果。我还带回来一小块浓香扑鼻的松脂，我拿给小姑娘闻了闻，告诉她，树木就是用这松脂疗伤的。

"树林里有人给它们治伤吗？"

写给孩子的动物文学

"自己给自己治，"我回答说，"常常是这样，猎人进了树林，想要休息一下的时候，就把斧子往树干上下力一斫，将背包挂在斧子上，就在树底下躺下，打个盹，休息一会儿。完了，他又把斧子从树干上拔出来，背上背包，继续往林子里走。这拔出斧头的地方不是留下伤口了吗？这浓香扑鼻的树脂就会把伤口给治好的。"

我还特意给小齐娜带回来各种平常不容易看到的花草，有的叶子小小的；有的根儿小小的；有的花儿小小的，像杜鹃泪啊、缬草啊、十字花啊、兔子菜啊，等等。

在兔子菜下面，我正好放了一块黑面包，这是我在树林里找到的面包。我常是这么做的，到树林里去不带面包。因为，常常是不带上面包，有时肚子要饿；带了去呢，有时又忘了吃，临了还是带了回来。

小齐娜一看到图纸下面的黑面包，一下呆住了。

"林子里，哪儿去找面包啊？"

"这有什么好奇怪的？树林里连菜都有呢！"

"可那是兔子吃的呀……"

"这面包，是狐狸的饭食。你尝尝是什么味道吧。"

她将信将疑地送进嘴里尝了尝，随即就吃了起来。

"狐狸面包味儿还真不错哩！"她说。

接着她就把我的黑面包吃了个精精光。小齐娜总是不肯好好吃面包，可是自从吃到狐狸面包后，她不肯好好吃面包的事就没有了。每每我从林子里带回狐狸面包来，她总是能吃得一点不剩，还称赞说："狐狸面包要比我们的面包好吃得多呢！"

活命岛

汛期没有让我们等待多久,就到来了。暖雨猛猛下了一夜,水面迅速上涨了一米,柯斯特罗马城经一夜暴雨的冲刷,原来不起眼的楼房现在一眼望去全都白亮白亮的了,一幢幢耸立着,清晰可辨,仿佛过去它们都沉浸在水底下,此刻都一下冒出来了,似乎这座城市是新出现在地面上的。伏尔加河两岸也是这样,以前只见皑皑的一片白,可如今一下都冒出水面来了,泥地呀,沙滩呀,大地眨眼间白旦变了黄。丘陵顶上的几个村落四周都漾满了水,于是村落就像是一个个的蚂蚁窝。

伏尔加河的水位一暴涨,远远望云。一小个一小个硬币似的小土墩,在这里那里散散落落地隆起,有的土墩是光裸裸的,有的土墩上面却覆满了矮树,也有的土墩上高耸着一棵棵的大树。几乎所有这些土墩上都蜷伏着各样种类的水鸭子,当中的一个沙嘴上,水鸭子在浅滩上一只紧挨一只,正忙找小虫子哩。这沙嘴上本来长着稠密的树林,如今让水一淹,林子都只见了树冠,就像是一块毛茸茸的地毯。这茂密的树冠上隐栖着各色各样的小动物。这些小动物有时紧贴着树枝,蜷缩着,一根普普通通的柳枝上就能栖息好些小动物，像是一嘟噜一嘟噜结满果儿的葡萄串。

一只硕大的水老鼠从水面向我们游来，它准是从很远很远的地方游到这里，所以看样子已经很累了，抓到一根核桃树枝，就把疲惫的身躯紧紧贴在上面。涌浪拍打着树枝，要把水老鼠从上头给掀下来。它不得不爬得更高些，趴在一个树杈上。

这下，涌浪打不到它了，它牢牢地抓贴着树枝。忽然，从远处扑来一个涌浪，掀起的浪头冲在了水老鼠的尾巴上，于是老鼠尾巴就打起转转来，一圈一圈地晃。

没想到，水下，坡顶上的一棵大树上蹲着一只乌鸦，它的肚子早已空荡荡的了，正饿得慌，正贪婪地寻找可以充饥的东西呢。它倒是没有看见蜷伏在树杈上的水老鼠，但涌浪冲击中不停打旋的水老鼠尾巴，使饥肠辘辘的乌鸦发现了目标。

即刻，一场你死我活的恶战就打开了。

乌鸦用它坚硬的嘴壳向大老鼠连撞了几下，把老鼠撞下了树杈，落进了水里。水老鼠重又爬上了树杈，却没趴稳，又落了下来，跌进了水里。乌鸦眼看就能把水老鼠抓住了，可水老鼠却不甘心就这样成了乌鸦的充饥食品。

水老鼠跟乌鸦厮拼得精疲力竭的时候，使出了最后的力气，张嘴拽下乌鸦的一撮羽毛来。水老鼠竟有这么大的劲，这一拽，一撮乌鸦羽毛就飞扬起来！这时，乌鸦感到像是中了霰弹一般的灼痛，差点儿跌落进了水中，它艰难地飞起来，摇摇晃晃地飞到自己原来蹲过的那棵树上，一下接一下梳理自己的羽毛，用乌鸦自己的办法疗治被水老鼠咬扯的伤口。伤口的疼

刺猬住进我家

痛不时让乌鸦想起水老鼠，它对水老鼠看了又看，就像是在问自己："水老鼠会有这么厉害吗？我这辈子还没有见识过呢！"

就在乌鸦看着水老鼠的时候，水老鼠却在咬扯了乌鸦一口后，自己乘机脱险了，此刻它甚至忘记乌鸦了。它把自己小眼珠的目光投向了我们这边河岸，琢磨着：上了岸，就得救了。

水老鼠的前爪像人手般的灵巧，它攀下一根树枝，用牙齿啃咬树皮，一边的树皮啃没了，再翻转来啃另一边。就这样啃着咬着，把整根树枝都啃得光溜溜的，然后扔进水中。新的一根树枝它没啃，而是咬断了之后连同自己的身子直接降落到水面，顺水流像拖轮似的拖向岸边。所有这一幕，饥饿难耐的乌鸦在树上当然都一一看在眼里。乌鸦就这么看着，直到勇敢的水老鼠一点一点游到我们这边的岸上。

有一天，我们坐在伏尔加河边看刺猬、田鼠、水鼠怎样相继从水里钻出来；还有水貂啊，小兔崽子啊，白鼬啊，松鼠啊，也都一个咬着一个的尾巴尖，一条长龙似的游上岸来。

我们作为这个岛上的主人，对每一个游上岸来的小动物都投以亲切关爱的目光。我们像它们的亲人一般欢迎它们，看着它们奔向有自己同类居住的地方。可是，涌到岛上来避难的动物远不止这些，还有大量各种各样的昆虫。我新相识的小季娜开口对我说话了：

"您仔细瞧瞧，"她说，"看咱们的鸭子都是怎么长大的吧……"

我们的鸭子全都是从野鸭蛋里孵出来的。我们把它们赶到这岛上来，让它们在这里找吃的，它们边欢叫着，边寻找可供充饥的野物。

我们看着这些鸭子，看着它们的毛色由亮变灰变暗，变得身肥体胖。

"这是什么缘故?"我们想着,猜度着。

这谜底自然只有从鸭子身上才能找到。

于是我们发现,无数从水上游向岛屿寻求活命希望的蜘蛛、小甲虫等等,它们都一一成了我们鸭子的食物。它们爬到正在水面浮游的鸭子身上,以为是历尽千辛万苦终于登上了得以活命救生码头,而事实上它们所找到的,不用说,是水上最危险的漂游物。对鸭子来说,它们成了送上门来的美餐。而昆虫反正很多,于是,我们的鸭子就眼瞅着一天肥似一天。

就这样,我们这个岛成了落水动物的活命岛,个儿大的,个儿小的,所有动物统统到岛上来寻求避难。

图书在版编目（CIP）数据

刺猬住进我家 /（俄罗斯）米·普里什文著；韦苇译. — 北京：北京时代华文书局，2018.8
（写给孩子的动物文学）
ISBN 978-7-5699-2458-9

Ⅰ. ①刺⋯ Ⅱ. ①米⋯ ②韦⋯ Ⅲ. ①儿童小说－短篇小说－小说集－世界 Ⅳ. ①I18

中国版本图书馆CIP数据核字（2018）第122185号

写给孩子的动物文学
Xiegei Haizi de Dongwu Wenxue

刺猬住进我家
Ciwei Zhujin Wojia

著　　者｜〔俄罗斯〕米·普里什文
译　　者｜韦　苇

出 版 人｜王训海
选题策划｜许日春
责任编辑｜许日春　杨迎会
插　　图｜赵　鑫
装帧设计｜九　野　孙丽莉
责任印制｜刘　银

出版发行｜北京时代华文书局 http://www.bjsds.com.cn
　　　　　北京市东城区安定门外大街138号皇城国际大厦A座8楼
　　　　　邮编：100011　电话：010-64267955　64267677

印　　刷｜北京凯德印刷有限责任公司　010-87744285
　　　　　（如发现印装质量问题，请与印刷厂联系调换）

开　　本｜710mm×1000mm　1/16　　印　张｜7.5　　字　数｜90千字
版　　次｜2018年10月第1版　　　　印　次｜2018年10月第1次印刷
书　　号｜ISBN 978-7-5699-2458-9
定　　价｜28.50元

版权所有，侵权必究

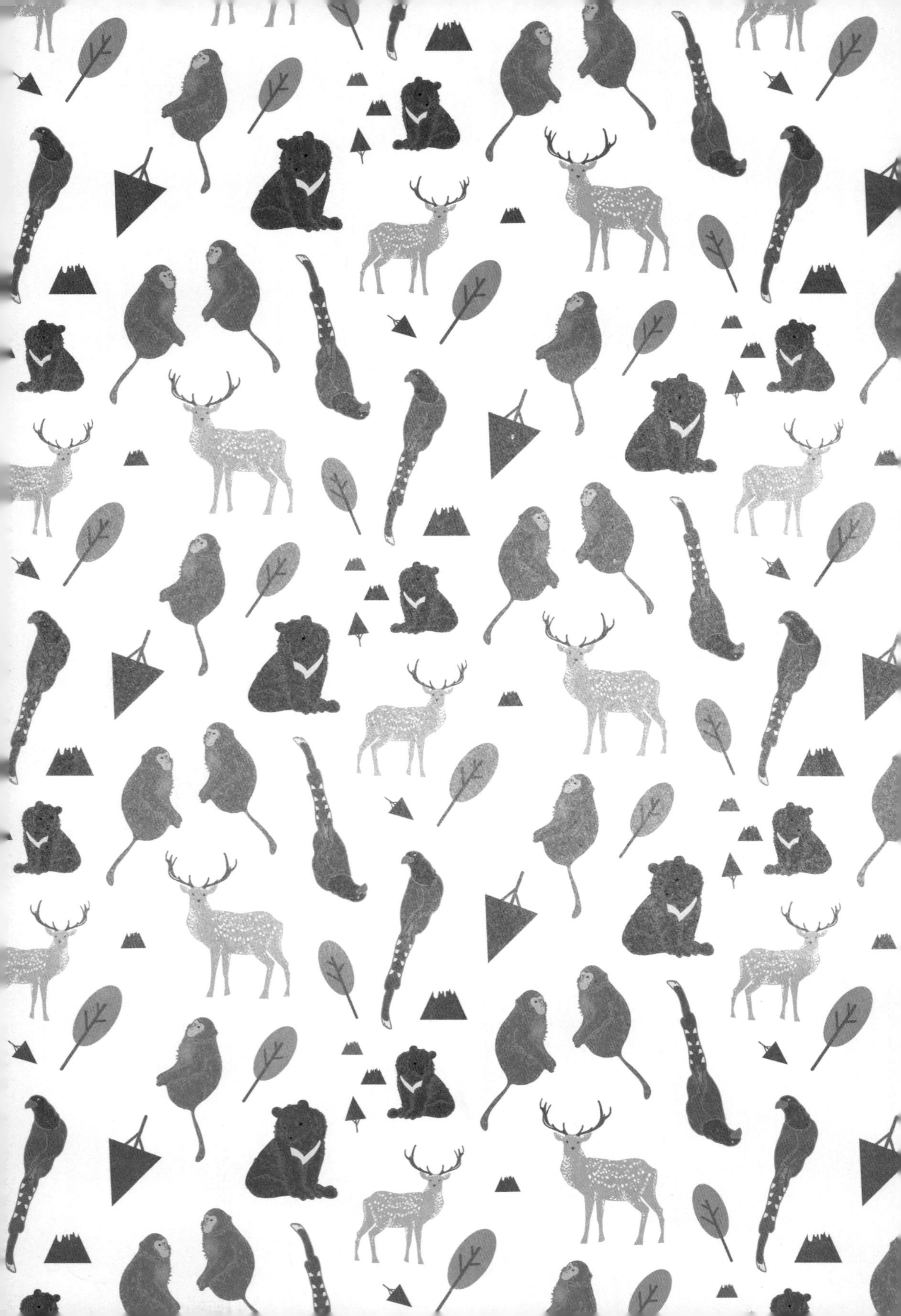